艺术设计高考应试训练丛书

平面设计课程

广西美术出版社

主编 杨珺 高斌

萨日娜 著

北京·中艺高考美术培训班

北京·中艺是一处以中央美术学院、清华大学美术学院、中国美术学院、北京服装学院等高等艺术院校为培养方向的美术专业考前培训基地。本基地实行全日制、封闭式教学和管理，倡导全新的教学理念、严肃的教学态度，面向全国各高等院校美术专业输送优秀学生。本基地师资力量雄厚、生活设施齐全、交通方便，为考生提供了优良的学习环境，近年来取得了良好的教学成绩。

教学条件

一、北京·中艺坐落于北京市朝阳区酒仙桥，位于中央美术学院和清华大学美术学院之间(即2001年至2003年连续三年中央美术学院设计专业北京区考点所在地)。交通方便，学习环境安静、安全，有专职工作人员从事后勤工作，校内配备食堂、宿舍、澡堂、供暖设备等必要生活设施，学生在提高应考能力的同时生活有全方位的保障。

二、由中央美术学院、清华大学美术学院、北京服装学院专业教师任教，同时聘请在校研究生及高年级本科生为助教，专业教师33名。文化课由北京市重点中学高级教师任教。

三、教室配备电化教学专用录像机、电视机、幻灯机、投影仪及各类影像、图片教学资料，并备有美院教师及学生范画原作，其中部分作品曾经登载于各类美院画册或教材。

四、根据专业考试要求及新的命题变化，由具有多年教学及阅卷评分经验的美院老师制定系统、科学的教学大纲。

五、本基地备有各届专业考试及录取资料和其他招生信息。

教学特点

一、根据每年高等艺术院校专业考试及命题变化，反复论证和调整教学计划，认真分析各院校专业考试侧重点和异同点，注重前瞻性，明确定位，针对报考不同院校不同专业的考生，做到有的放矢的专业指导。

二、科学设置课程，各阶段训练重点明确、合理。基础课、专业课分类明晰，避免学生盲目学习的弊端。

三、以提高学习能力与专业素质为目的，不定期组织学生参观各类展览，参加美院专家教授举办的学术讲座，同时广泛开展与美院师生的交流活动。

四、以专业教学为重点，并重视文化课的辅导，重视调整考生学习、应考的心理状态，定期举行模拟考试，为应考做好充分准备。

教学范围

一、设计艺术部。主要课程：素描、色彩、设计基础、速写。

二、造型艺术部。主要课程：素描、色彩、速写、创作。

地　　址：北京市朝阳区酒仙桥南路甲7号酒仙桥一中
联系电话：010—84561614
图文传真：010—84564881
邮政编码：100016
电子邮箱：84561614@163.com

目 录

平面设计作为一种视觉语言，视觉可读性是非常重要的。这里所说的可读性是指它的易读性。当我们走在大街上路过形形色色的广告牌时，什么样的广告最吸引我们并留下深刻的记忆呢？行走是一个运动的过程，人们在行走的过程中注意力停留在广告牌上的时间最多不会超过三秒钟，那些易识别并马上能和人们视觉经验达成共识的图形会留在你的脑海中。当然留在你脑海中的图形也许还有其他原因，也许是因为它看上去很特别或有点怪异，或者这个图形正是你所希望看到的图形，或者这个广告讲的内容正是你感兴趣的话题，总的来说创意人总有很多方式来吸引你的注意力。我认为竖在大街上的广告牌就像试卷，评看你试卷的人就是你的客户，你要在很短的时间内引起这些客户的注意，引起他们对你的兴趣，并用很简短的语言告诉他们你要讲什么，你与其他考生的区别是什么。如果你能在三秒钟之内说服他们再多看你的试卷一眼，我想你已经成功一半了。

图形是你和别人沟通的桥梁，考卷是你和老师交流的唯一通道。图形就是你的语言，一个初次接触平面的人如何能熟练地运用这门语言准确清晰地传递你所要表达的信息是至关重要的。这就是为什么会有人说“好的图形会说话”的原因。美国视觉传达设计师亨利·莱弗斯曾说：“起源于人类初期的图像符号将成为全世界通用的传达媒介。图像符号将作为文学的补充来传达人类的思想。”一个好的图形是没有国界，不需要任何语言解释的。图形是人类最早的沟通工具之一，图形表达能力是人类进化到今天遗留下的最原始的本能之一，我们从儿童的涂鸦现象就可以了解到这一点。因此从这个角度来说任何一个人都应该对自己的这个本能怀有信心，即便是从来没有接触过平面设计的人也不必惧怕用图形来表达所要传达的信息。

图形具有心理暗示的作用，要知道一个图形不但能传递你所要表达的信息，同时也能把你自己的性格或一些习惯传递给别人，这些暗示从你表现图形的方式中传递出来。例如有些人在图形表现中喜欢用简洁而粗犷的线条，那会给人一种豪爽的感觉；有些人在表现风格上喜欢用幽默的方式，那会给人一种比较调皮的印象。考试中不宜表达过于色情或血腥的图形，否则会给人留下比较阴郁或心理不健康的印象。

平面设计中你需要具备的条件和必须做的事情

01 平面设计课程

想　像

人们常认为那些年迈的人没有年轻人有创造力和活力，失去创造力的原因不是智力或体力下降所导致的，而是因为想像力渐渐变得匮乏造成的。如果你的思路或想法一直受到外部或某种教条的束缚，那么第一件事就是恢复孩童般的想像力，改变固有的联系方式和组合方式。佩奇曾说：“设计是从客观现实向未来可能富有想像力的跨越。”可见想像力对于一个设计师来说是多么的重要。联想的练习对想像力的扩充有很大的帮助，联想是由一事物联想到另一事物，这两个事物之间可能在某一点上有相似之处，也可能是毫无相干的或是相反的。总之，想像的过程是一个非常自由而很自然的过程，它与你的实践经验及知识积累有密切关系。因此有人曾建议为了扩大想像力要无界域阅读与碎片式的收集。大量的阅读有助于积累多方面的资讯与体验，这些新的体验与新的认识会激发新的契机。要说明的是这里所说的阅读并不是每本书要细读，有些只需要泛读。

在图形创意的过程中常常会出现相似的创意，这种相似有的时候是有意识的，明明知道是别人的创意，但一时想不起新的切入点，便换个颜色或稍微变一下形态就挪用过来。这是创意过程中最忌讳的事情。有时是无意识的，有可能在很久以前你在哪里看到过这个图形，于是在脑海中留下了痕迹，但你已记不清了便误以为是自己的创意。这种事情常常会发生，这时候就需要安静下来，抛掉别人有可能咀嚼过的东西寻找新的切入点。有些人不管做什么样的创意都会把眼睛、地球、和平鸽或心形符号套用在其中，很显然这是想像力受到某种禁锢导致的。条码是非常具有现代特征的符号，以条码为元素出现了大量有趣的图形，曾经有人开玩笑地说：“条码是万能的！”几乎随便一个题目都可以套用，这种想法也会阻碍你的思路。想像力枯竭的另一个原因是懒惰造成的，总是怀着一种侥幸心理用各种方式盗用别人的创意，这对于一个考生来说是非常危险的，会使自己处于永远停滞不前的状态。

碎片式的收集就是在思考过程中把最原始的想法用文字或图形记录在纸上，让它们在你的脑海中形成网状关系，其中的某些碎片中的闪光点将有可能成为你的原创。“记录中唯有不加判断、不加介入才有可能使得原创的火花不至于在犹豫、怀疑的黑风中熄灭。”碎片式的收集需要你最原始的冲动。

整　理

图形创意不会在瞬间出现或完成，一个好的图形是需要过滤和不断推敲的。我们怎样才能从那些最常见、最不起眼的事物身上发现全新的象征意义呢？通常有一些东西看上去和我们所要表达的主题毫无关系，我们要做的就是把没联系的变成有联系，把没有可能性的变为有可能。当你用各种方式如打散、重组、剖析这个和主题毫无关系的事物时，你有时会惊喜地发现它们之间会有很多相似或相关的地方，这些地方有可能就成为你创意的切入点。

面料：武器
里料：血腥
填充物：生命

∞° 适宜无穷大温度
禁止再生
不可以任何方式摆平
不可妥协
不可视而不见

“战争”这个主题不知有多少人用图形诠释过，在人们的脑海中留下了许多有趣而又有震撼力的图形，这些印象往往成为你原创的绊脚石。首先要做的就是把那些原有的印象重新过滤一遍并寻找新的切入点。一个被人忽视的夹在衣物中间的标签表面看起来与战争无任何关系，通过重组清晰而准确地传递出了战争用无数可贵生命作为原材料的可怕性。这种独特的诠释方式给这个主题赋予了新的意义。

使一个陈旧的话题变得不枯燥的唯一的方法就是换一种说法。当你觉得真的走投无路了，眼前浮现的都是别人所作的经典案例时一定要坚信还有更好的方式，坚信会有“柳暗花明又一村”的时刻。

人的思维通常处在跳跃式的思维当中，这个过程中会闪过很多有关主题或无关主题的碎片，用你敏感的神经去搜索和提炼出有关主题的元素并记录下来，在脑海中一遍遍过滤沉淀直到有新的突破口。

题目：《人与人》　作者：刁奇

《人与人》这个主题可以先从它的一些属性入手，人与人之间都有哪些关系呢？依靠、伤害、互助、竞争、影响、感染等等这些都属于人与人之间的属性，电插板看上去和这些属性没有直接的关系，但当你从混乱的思绪中归纳和搜索时就会发现它们之间是可以建立无限的可能性的。我们看到电插板时首先会联想到电，在这里电象征着资源，无数个插头却只有一个插座暗示着由于人类过度繁殖导致人类与自然资源的极度不平衡的关系，人与人之间互相排斥的竞争结果。在这里作者把人和插头作了一个图形置换。这个图形不需要任何文案支持也不需要任何语言很清晰而准确地把自己所要表达的概念传递了出来。

交　谈

交谈是整理思绪的很好的方式，当思路处于堵塞状态时别人的某句话有可能触及藏在你脑海深处的记忆或刺激你的某个想法，从而得到新的进展。在做“反战”这一课题练习时有学生跑来告诉我说没有想法，我就问：“提到战争你会联想到什么？”“死亡。”“还有吗？”“枪、刀、炮。”“这些东西会造成什么样的结果？”“伤亡。”“为了减少伤亡或为在伤亡之后有一定的保障，人们通常会干什么？”“买保险。”那么“保险”就有可能作为一个很有趣的切入点来阐述战争这个主题。交谈更确切地说是交流，交流可以在同学之间进行，也可以和任何一个人进行，一个医生或是警察，或是清洁工。跨行业的交谈能使你弥补有限的生活经历、有限的知识结构和有限的趣味倾向，这和大量的阅读有同样的好处而且更直接，一次有趣的交谈所得到的收获，有的时候远远大于没有目的的阅读。交谈有可能使你模糊的概念变清晰，能让你发现某个想法的漏洞或是不足之处。

这个图形的文案曾更换过很多次，这个图形本身就很有讽刺意味，但如果没有文案就有可能使人产生误解，最初的文案是“一刻也不停止”，很显然这个文案不能诠释他的图形，反而使自己要传达的概念变得模糊了，经过几次交谈与修改之后，便出现了这个“指哪响哪”的有力而清晰的文案。

观察生活

设计来自于生活，生活中的任何一个细节或片断都有可能成为你原创的素材。同一个事物在特定的环境或条件下会有不同的存在状态，也就是说要从不同的角度去观察。在创意过程中某个事物的某种状态有可能不适合表达你的概念，但也许换一种方式创意就有可能成立。在创意中一定要选择日常的事物或日常的语言，这样才能很直接或简易地与别人沟通。最平常的语言或事物才更有说服力，才更有力度。最常见而不起眼被人忽略的事物往往能诠释全新的象征意义。

注意事物在生活中的多面性，也就是学会从多个角度观察生活。

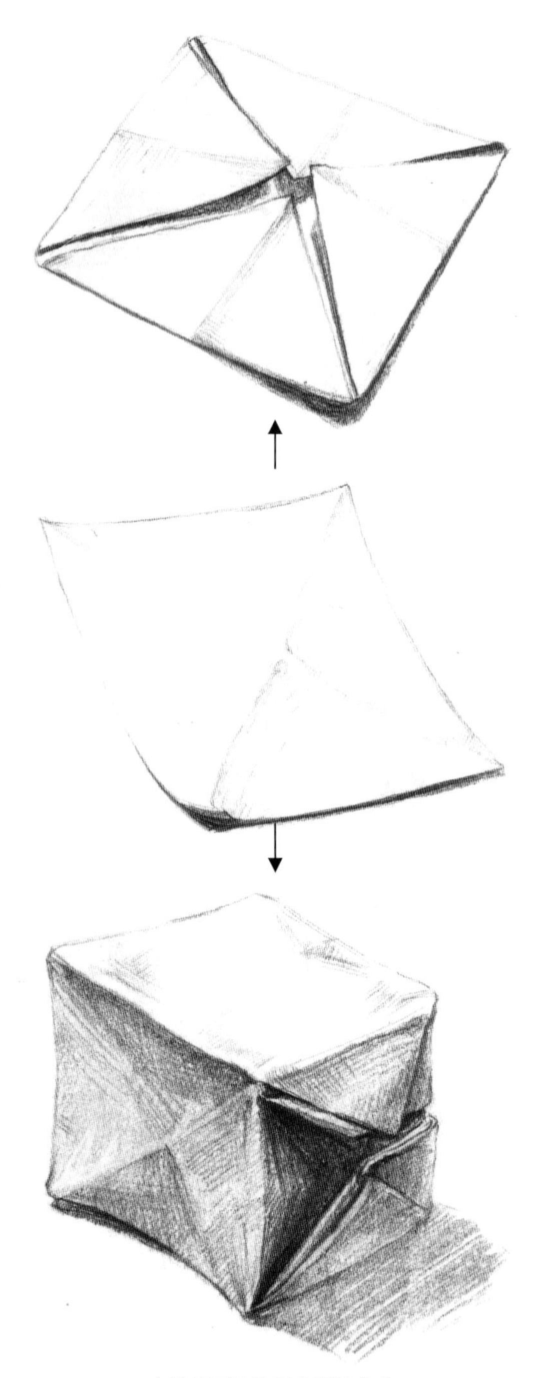

方从平面转换到空间的变化

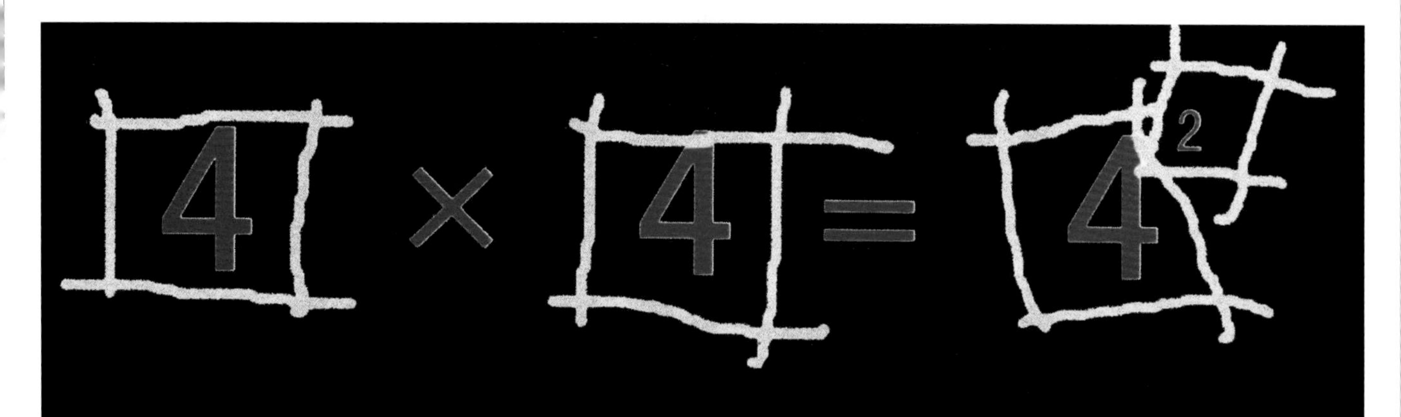

数理中的方——平方

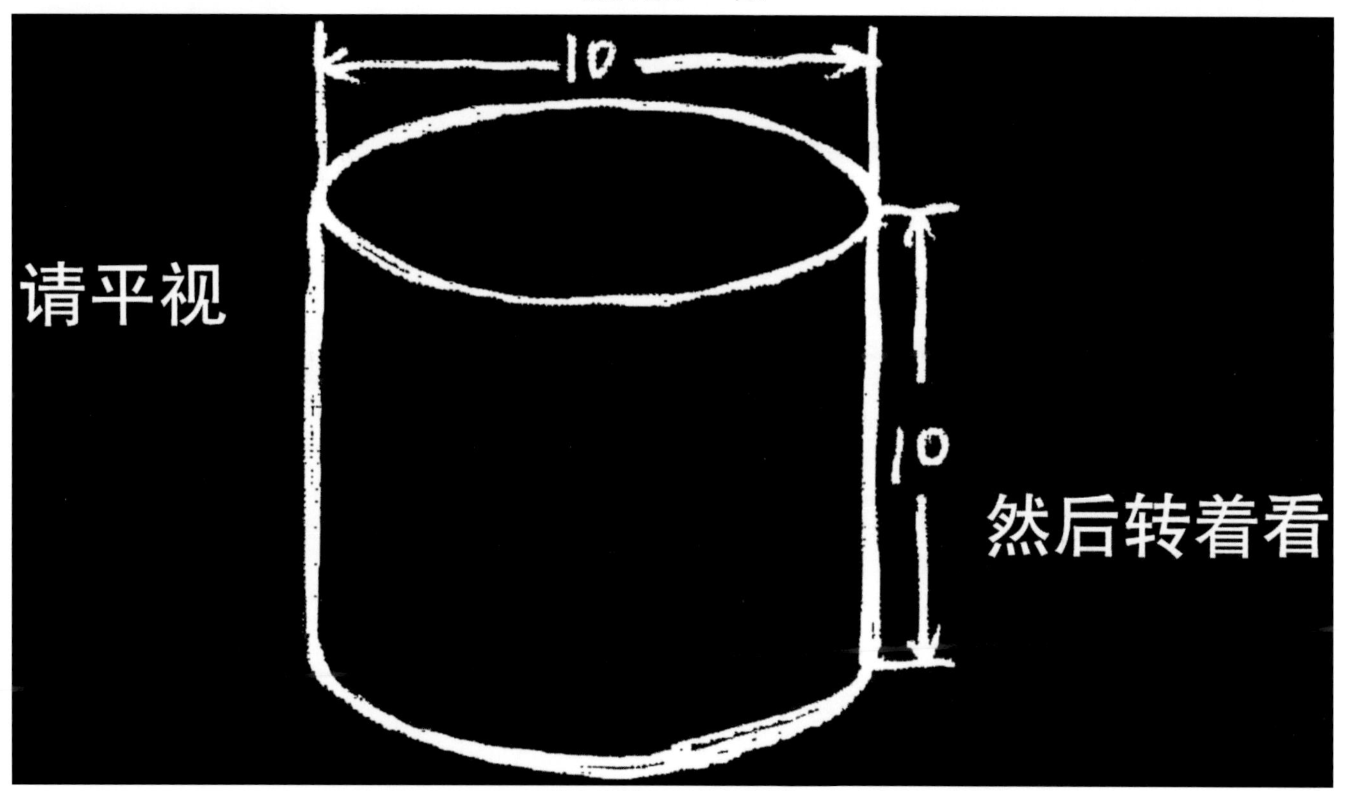

换个角度看，圆的也是方的

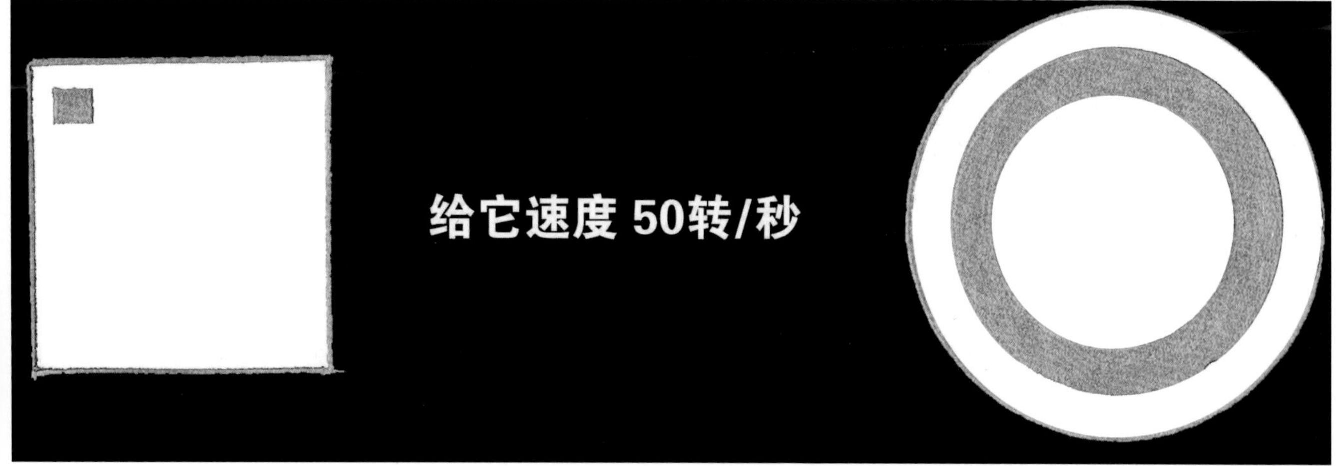

换种方式看，方的也是圆的

图形的表现手段

置 换

置换是指有意识地打破人们正常的思维逻辑或是视觉经验，将不同的两种事物通过其内在关系和形状上的相近性，根据主题需要进行重组和并置。被置换的图形会给人一种情理之中意料之外的视觉效果。置换图形时注意形与形之间的相似性，要巧妙而有趣地把它们并置在一起，不能给人一种张冠李戴的生硬印象。

矛盾空间

矛盾空间是在二维平面中展现三维空间中无法形成的立体空间，是利用人的视觉错觉形成的，是反正常空间秩序、反正常透视规律通过共用线或共用面形成的，有些人称之为“悖架图形”。矛盾空间的运用能使图形在二维空间平面上呈现出三维空间的幻想，乍一看似乎合情合理，但实际上是很不合乎逻辑的图形语言。版画家埃舍尔曾创作了大量这样的图形。

重　复

重复有有规律和无规律的重复、近似形的重复、间隔重复、错位重复等，不断的重复会增强人们的印象，一些电视广告不断地重复简短而易记忆的片断或语言使人记住它的品牌，我们可以称之为强制记忆。重复会增加人们的印象，在运用重复为表现手段时要注意增加视觉趣味强调其安定、平衡、秩序等视觉感受，避免单调、乏味的感觉。

反转图形

反转图形是指利用图形之间的正、负关系在物形与物形之间相互比较下形成的图形。反转图形要求正、负图形之间有明确的界定线，容易让观者一下就识别出正、负图形之间的分离，时而看到正形，时而看到负形。

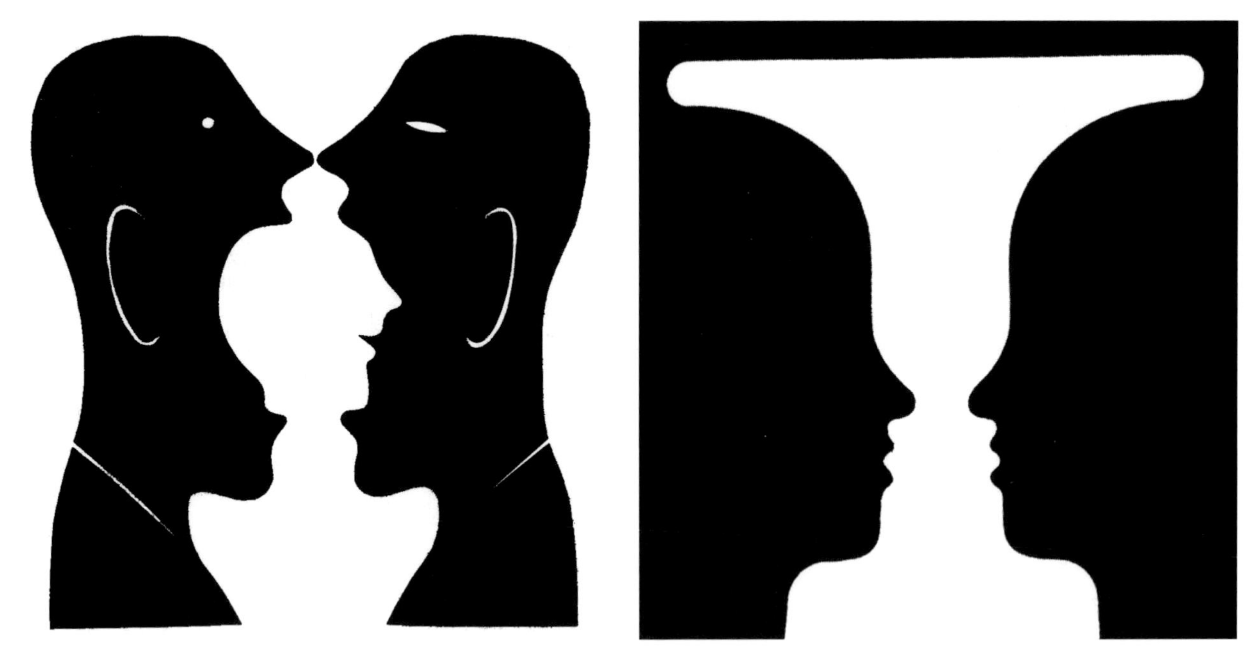

象　征

象征是指用一种事物来表现另一种事物并寓意地传达某种含义。"象征意味着图形隐含着某种具有生发意义的观念"。桑塔耶那在论及象征体与象征的意义时曾说："在一切表现中，我们可以区别出两项：第一项是实际呈现出来的事物，一个字，一个形象，或一件富于表现力的东西；第二项是所暗示的事物，更深远的思想、感情或被换起的形象。"真正的象征是一眼就能看出的意义，不能有任何的歧义。运用象征手法时要注意图形与色彩的结合，颜色在特定的环境中或特定的图形中会有特定的寓意，如红色一方面可以象征生命、希望、喜庆，另一方面可以象征死亡或血腥。色彩只有赋予特定的环境或图形时它的寓意才会没有歧义。单纯的色彩是没有任何寓意的。

不同地域、不同国家的色彩象征意义和形的象征意义有很大的差别，如下图：不同国家的木棺。

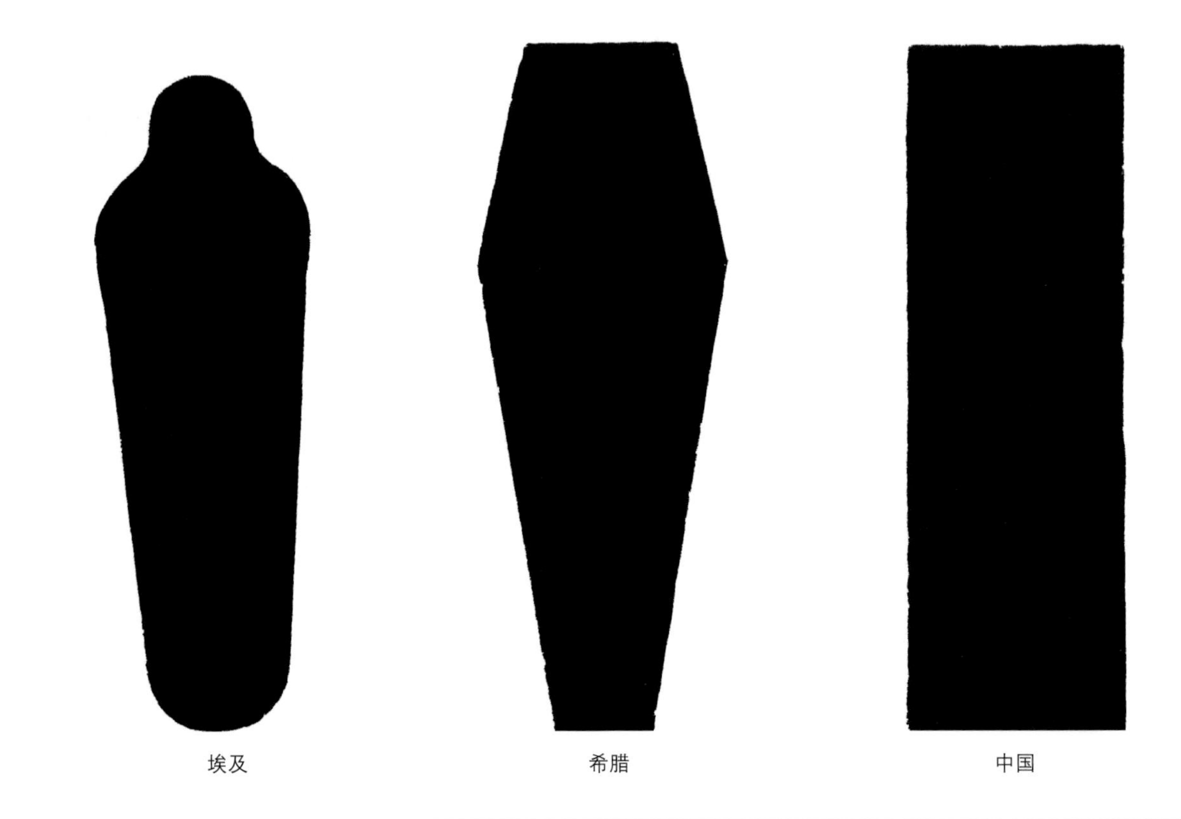

拟　人

拟人是指将所表现的对象（如动物、植物、器物）予以人格化的处理。运用拟人的手法要注意选择适当的表现对象，根据人们所熟悉的性格、表情、动作进行拟人化处理创造出比较幽默或有亲和力的图形。

阴　影

在图形创意中可以运用物体的阴影进行异化处理，根据创意需求把不同视角的影子、不同空间的影子巧妙地组合在图形当中，使图形形成奇特而虚幻的感觉。

软　化

软化物体是把一个视觉和触觉经验中的很坚硬或结实的物体联想成为一个柔软的物体并对它进行打结或扭曲的处理。这种处理会给人一种异样而新奇的感觉。不管是足够柔软的物形还是硬度很强的物形都可以通过软化的处理在二维平面中表达。

互悖图形

互悖图形是利用自我矛盾、自我冲突的图形使画面增加趣味，使观者处于真实与幻境之间。 互悖图形通常有两种：一种是物形之间互补、互生形成的图形，另一种是物形自助形成的图形。

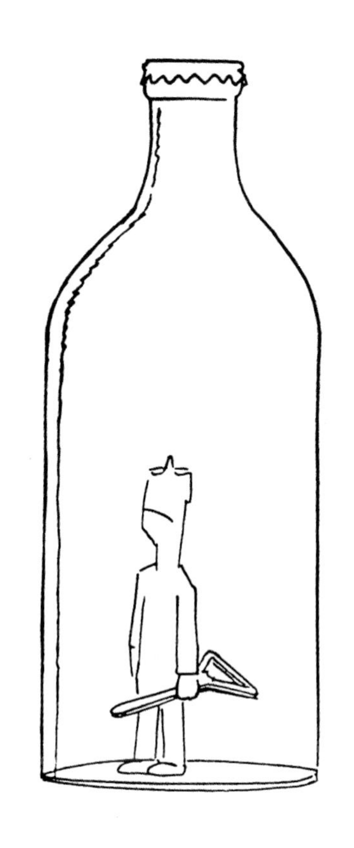

小 结

图形的表现手法有很多种，有人曾归类出六十多种图形种类，这里就不一一介绍了。不管是软化还是异影或是倒置事实上都属于超现实的表现手法，只不过把它们细分了而已。在创意过程中仅仅了解或会运用就可以了，而不要把它作为目的。为形式而形式只会形成套路，成为创意中的阻碍。

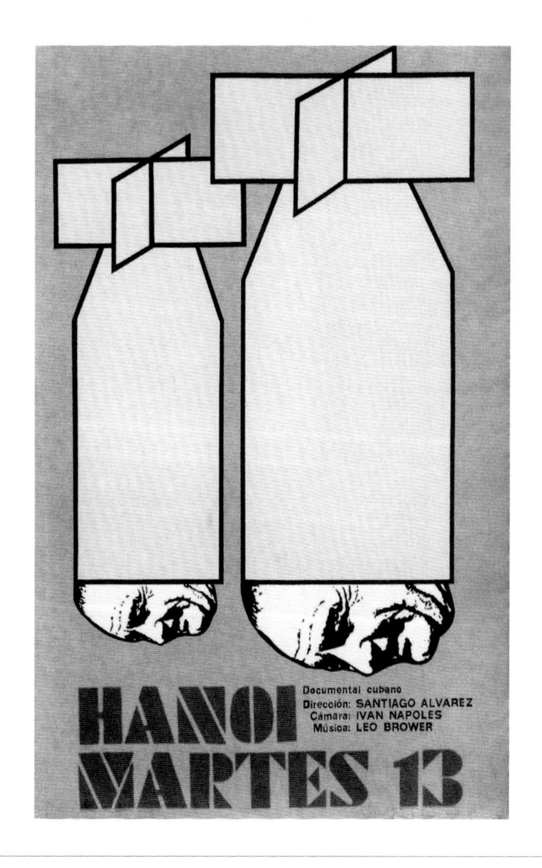

02 课题一：方体的表现

在创意的过程中，由于思维方式上有很多习惯和套路导致图形表现语言的匮乏。例如如果要用图形表现人这个概念，大部分人可能都会很习惯地或很自然地画出人的五官或其他一些很琐碎的细节如衣服的褶皱等，如果要求再换一种方式或角度去表现时就会陷入困境。物体的完整性并不是最重要的，即使是局部只要能够清晰地传达或暗示出那个物体就可以了。图形创意需要有很强的应变能力和表现能力，在标志设计中这一点体现得尤为突出，一个标志设计中同一概念常常需要有上百个或更多的表现方式，种类越多几率就会越大。方体是几何图形，摆脱逻辑思维中的束缚对它进行多种表现尝试。

要求：通过打散、重组、切割、排列等多种手法诠释方体，方体的组合元素可以是任意的，也可以虚拟任何一种材质。表现语言和工具不限。注意保持方体的基本特征。

目的：以这种方式增加表达方式，体会同一物体在不同环境或不同限定下的各种状态。

以下是关于人的各种表现方式：

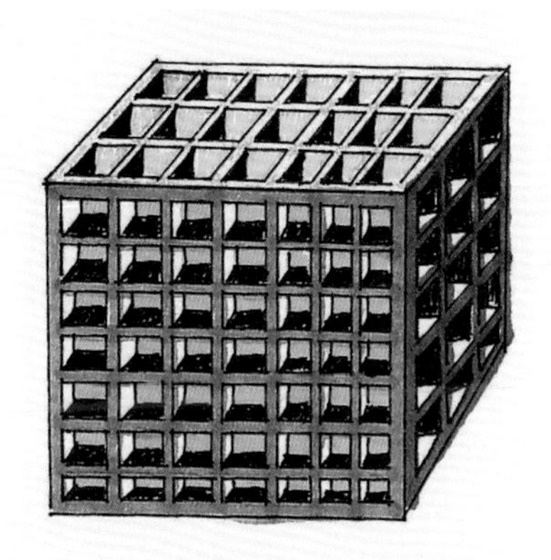

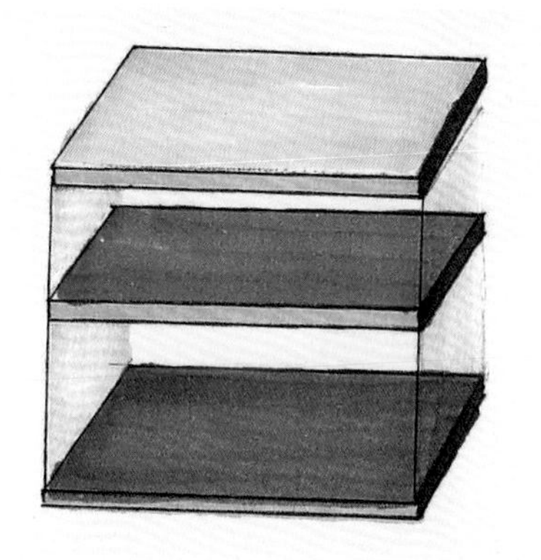

这些图形通过切割、镂空的方式表达方体，画面整洁明快。但方体的形体过于单一。

从这些图形可以看出这个学生的思维是发散式的，表达方式很丰富，对于方体的理解没有局限在一种形态中，诠释了方体在生活中可能存在的各种状态，表现手法多样且很轻松。

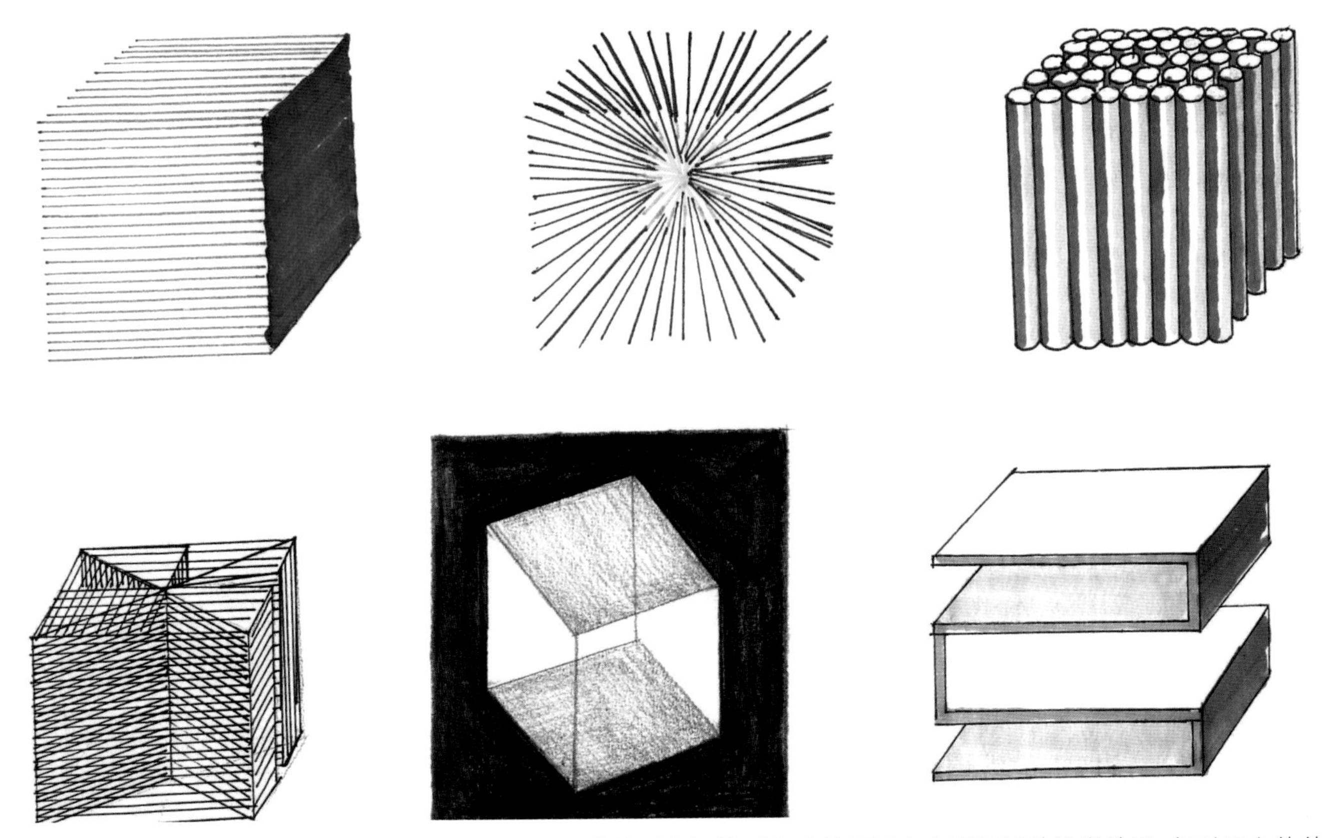

这些图形用不同的线表现了方体，可以看出由于线的形态与排列方式的不同会出现不同的视觉效果。但对于方体的形态过于拘泥，应换一角度去发现或体会方体的存在状态。

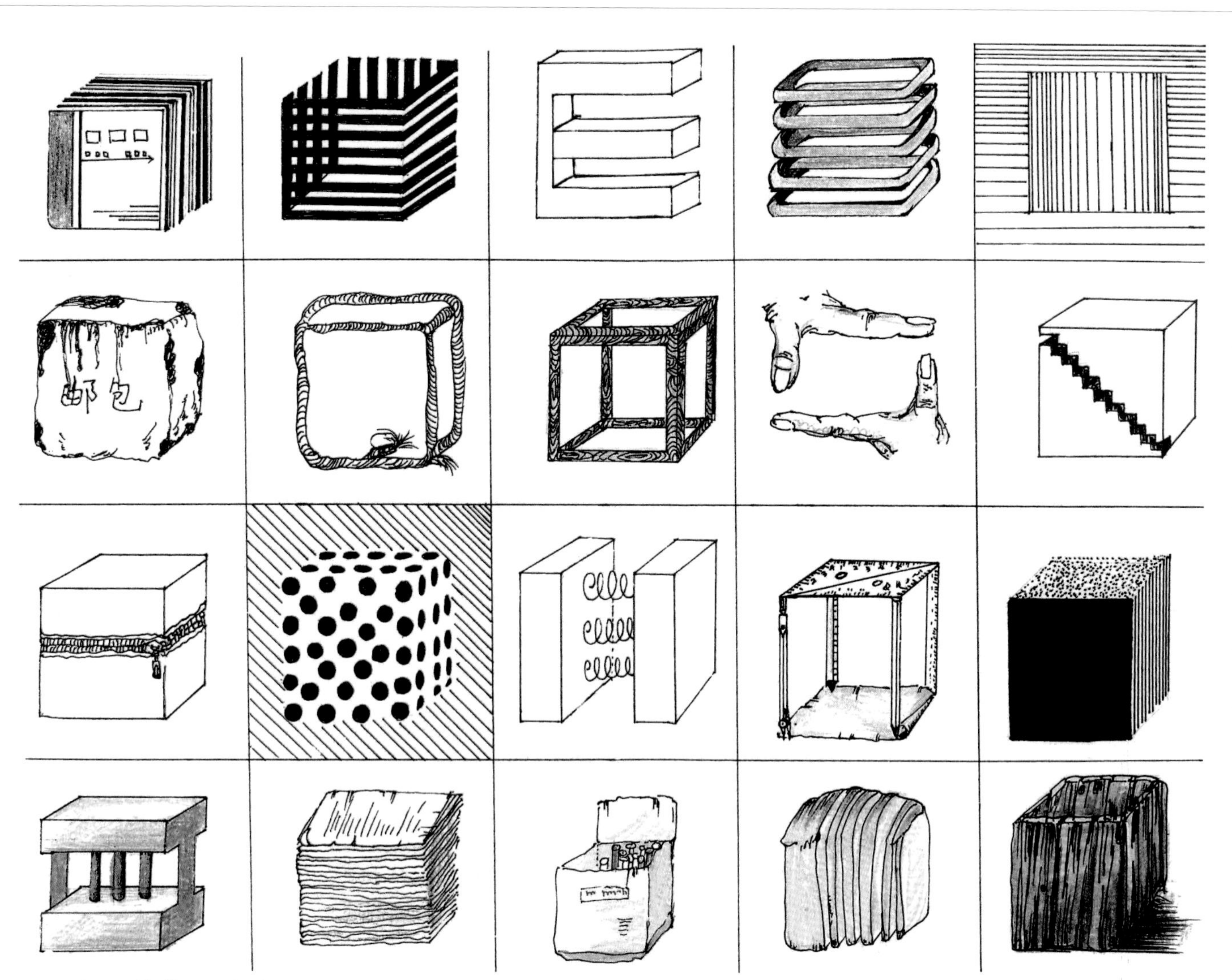

对于方体的理解很宽泛，角度多样，表现手法与图形结合得较好。

03 课题二：苹果的联想

要求：用简约的视觉语言达到表现的最优化，使图形单纯明晰。只有简化才有可能容易被记忆，这里说的简化是用尽可能少的语言表现尽可能丰富的信息。简化过程中避免单调、乏味的抽象结构。注意图形形态的感染力，不加修饰地将形态本身的说服力达到最佳状态。形态的处理往往可以看出一个人潜在的一些素质，人们有时会根据你所画出来的形态对你进行评估，同样的切入点甚至同样的图形创意方式，由于图形形态的处理方式的不同会造成巨大的视觉差异。

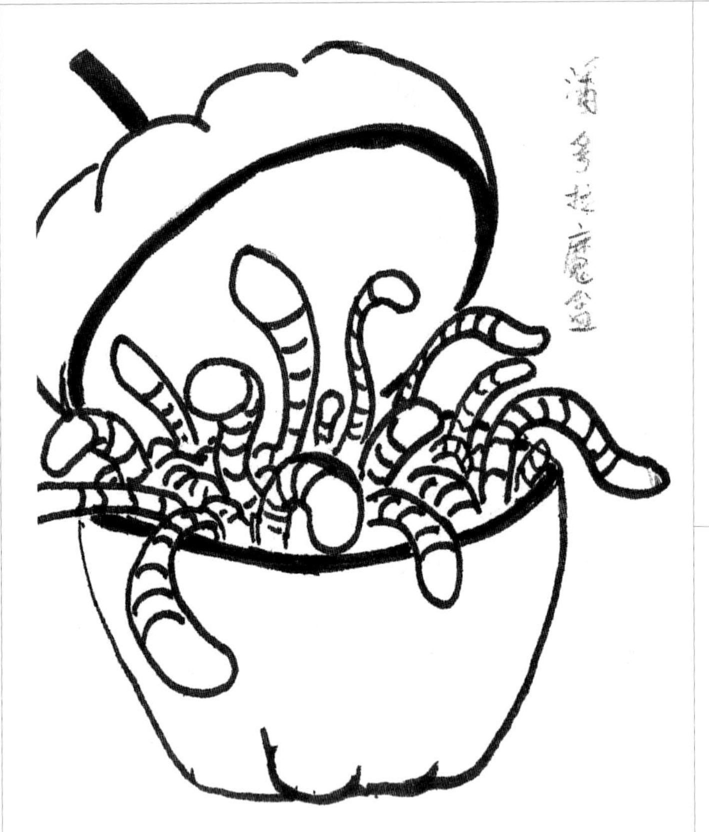

把苹果会生虫子这个极普通的自然规律表现得夸张有力，表现手法生动而有趣。

这是苹果的非常态的存在方式，图形表情诡异有趣，图形简洁生动。

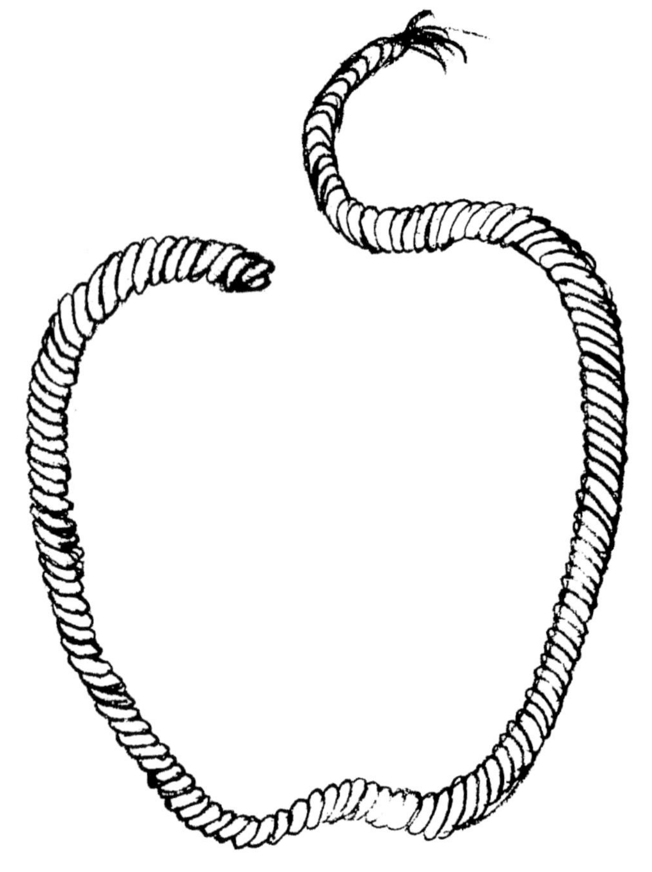

苹果的联想并不一定要画一个真实的苹果，不管用什么方式，只要能够传递有关苹果的信息就可以了。麻绳卷曲成一苹果的形，生动有趣，看似没有联系的事物产生了必然的关系。

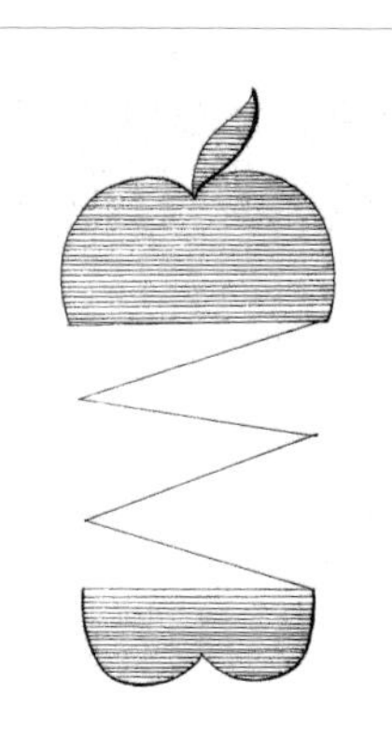

图形简洁舒展，巧妙有趣。

这个图形看上去有点怪异，有情理之中意料之外的感觉。

在做这个题目的时候有很多人同时发现了苹果与臀部在外形上的相似性，表现上却有很大的差距，这个同学巧妙地用线暗示了另外一个形体的存在。手法简洁而有趣。表现的差异会使同一个创意有很大的区别。

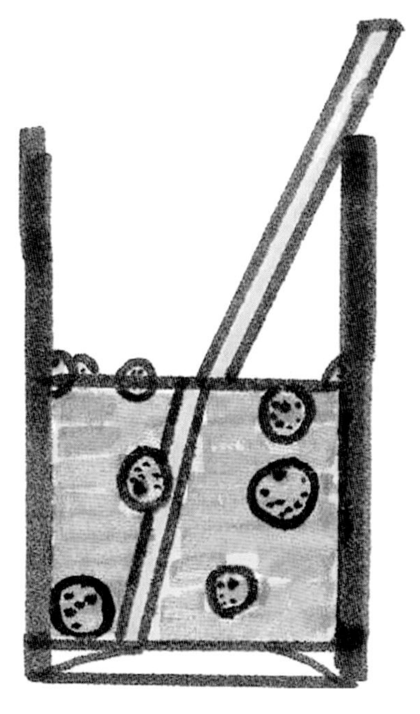

04 课题三：橙子的联想

要求：用跳跃的思维方式通过置换、扭曲、倒置、透叠等多种手段表现橙子，使这个物体用尽可能多的图形语言来表达。多角度观察，尽可能地发掘事物与事物之间的相似性并使他们发生关系。要注意橙子本身的基本特征，图形创作中任何手段都可以使用，但不能因形式而弱化事物本身的特征，例如橙瓣的四分之一局部，识别性就很弱了。

目的：通过联想这个轻松的主题摆脱平庸的表达方式，为以后的命题式的主题创作作铺垫。熟悉图形创意的基本方法。

这些偶然或非偶然、有意或无意中的思绪的火花在机缘来临的时候就有可能成为一次优秀的创意。例如下面这些图形就有可能成为某种品牌的橙汁口味饮料的推广招贴。

这个同学发现了生活中与橙子有相似性的事物，并与橙子作了巧妙的结合。

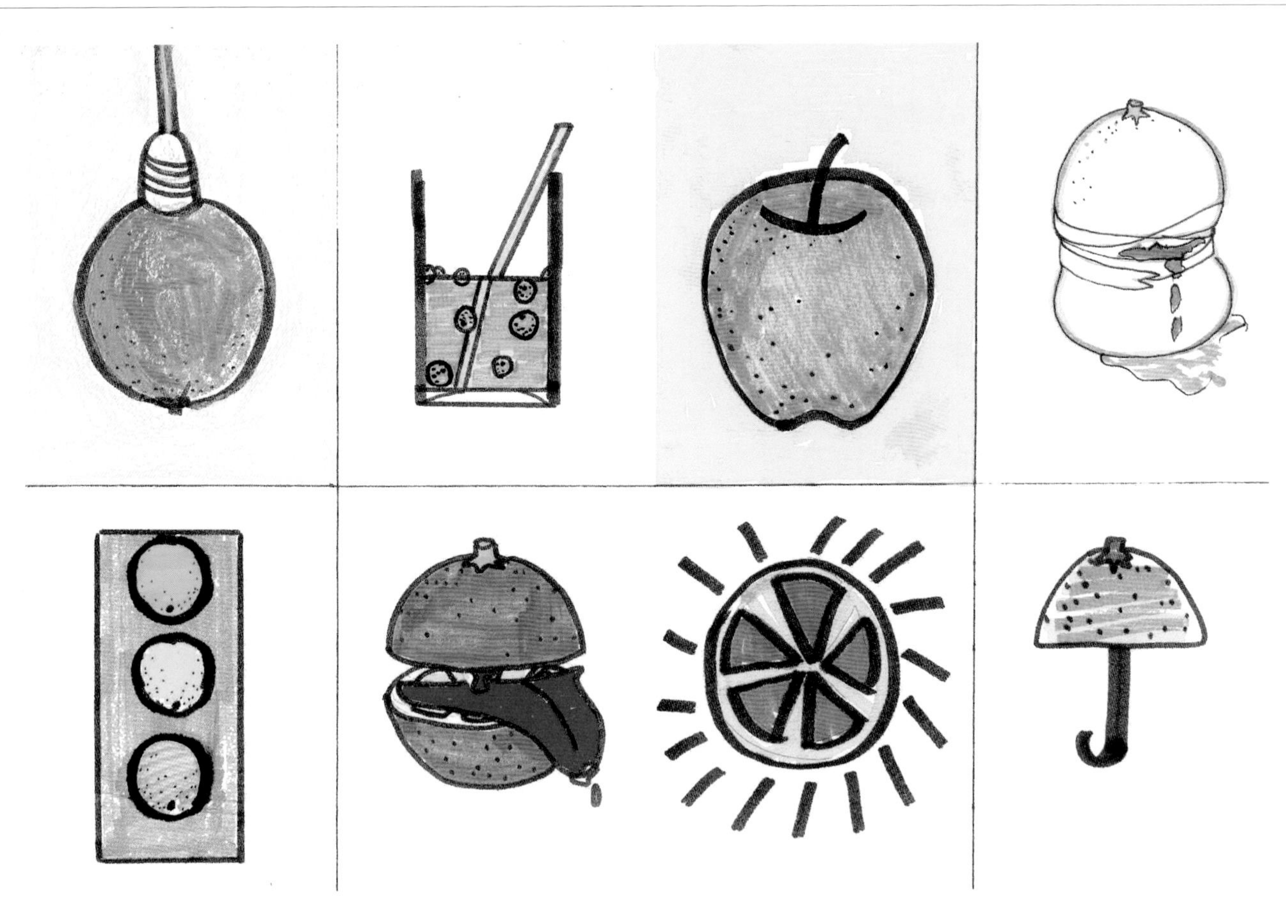

橙子的外形与颜色和正在发光的灯泡、红绿灯非常相似，把它们巧妙地结合使图形变得有趣味。被捆绑的橙子的图形能使人产生痛觉的共鸣。

从这个作业中可以看出同一个创意由于表现方式的不同在视觉上就会有很大的差异，如同样是红绿灯与橙子的置换的图形，表达得就不如前一个同学的好。两种表达方式的说服力是不一样的。

铅笔在特种纸上的效果。

水粉笔在不同用笔时的特殊效果。

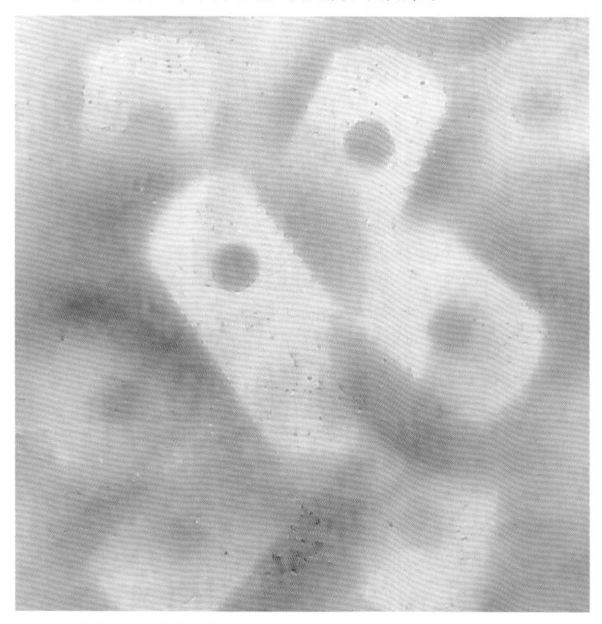

喷色与烟熏的效果。

05 课题四：材质与肌理的表现

平面语言之材质与肌理的发掘与表现

图形的表现手段有很多，随着科技的发展，各种新的表现形式、技法及材料不断涌现并被广泛地运用于图形设计中，扩展了图形的表现空间。表现形式有手绘、摄影或电脑合成等很多方式。但考试中由于只能运用手绘的方式表达，所以要对手绘出现的多种可能性作透彻的了解并寻找出适合自己的表达方式。

要求：运用水彩、水粉、丙烯、国画颜料、铅笔、钢笔、油画棒甚至树枝、铁丝等任何能作为绘画工具的工具尝试在不同使用状态下出现的表现效果。如：水彩颜料在水分比较多的情况下不同的流动方式会有不同的效果出现。把树枝当作笔蘸上颜料在纸上画出来的线条与钢笔或铅笔画出来的线条在表现语言上有很大的差别。

要注意的是不管用什么工具创造出什么样的效果都是为了更生动地表现图形，也就是说要服务于图形，不能喧宾夺主。在图形表达中过度的渲染或装饰会弱化图形的表现力。这个训练仅仅是希望对不同工具的特点有所了解，并不希望把它作为目的。

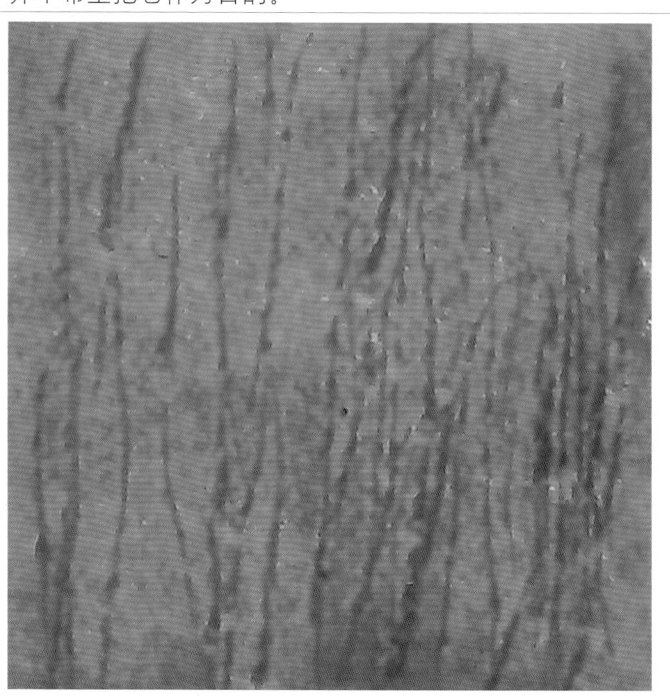

用刀在纸上刮蹭出线的效果。

用水彩画出的不同线的效果。

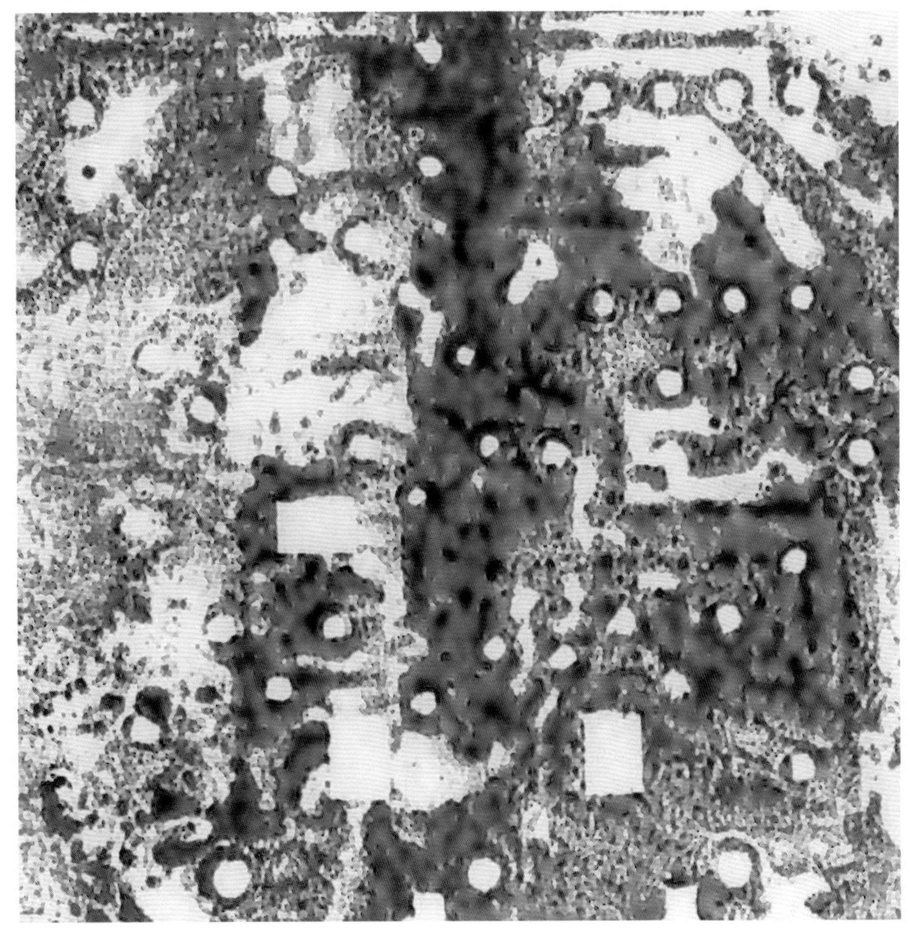

以遮挡或粘贴的方式形成的点。

06 课题五：墙

要求：分析墙本身的属性（也可以理解为功能），围绕其属性进行图形创意。墙的属性有：遮挡、封闭、保护、隔离、阻碍等等，其中的任何一个属性都可以成为切入点诠释墙的概念。同一个属性由于不同的表现方式会导致概念细化的区别。例如乌龟壳与砖墙置换的图形和安全套与墙置换的图形虽然都是表现保护这个墙的属性，但概念上却会有很大的差别。通常会有很多人同时想到用龟壳来表达墙的保护属性，这个图形显然比那些仅仅把龟壳与墙置换的图形在表达层次上更丰富，更容易脱颖而出。

目的：通过图形或图形与文案的结合传递自己独到的见解。

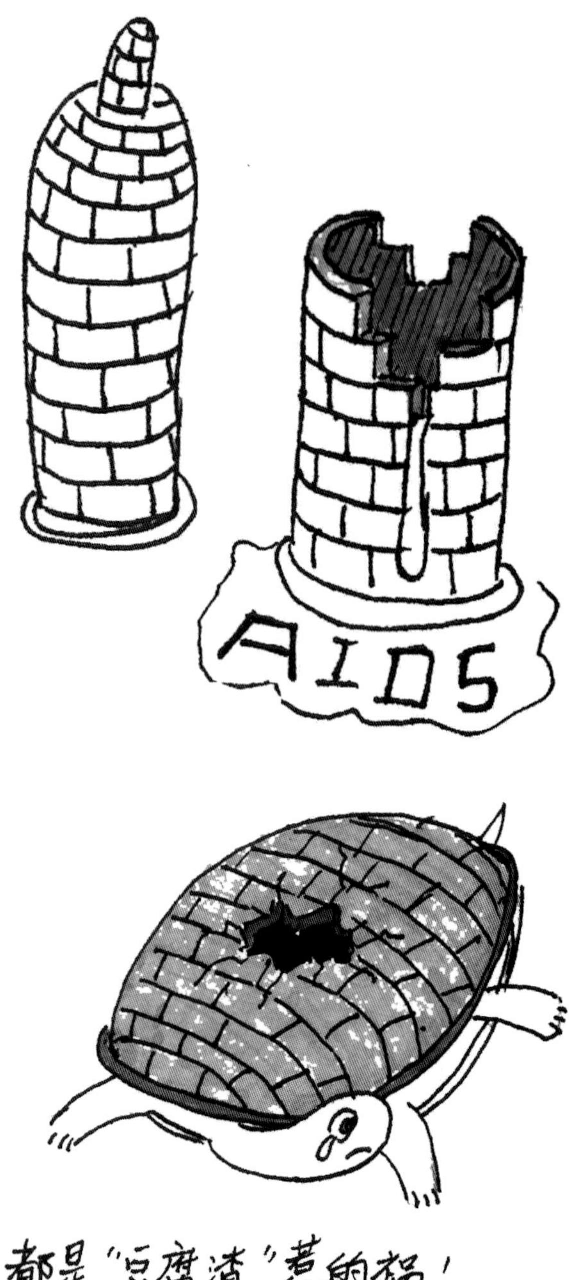

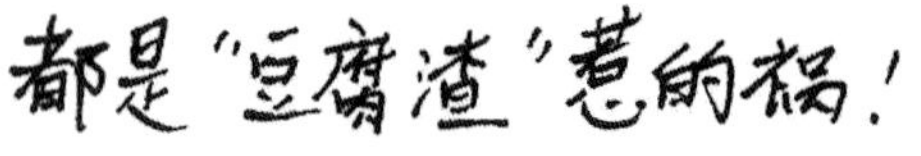

书形成了一个围墙，隐射了超出能力范围的要求给人造成的压力与套锁。

枪口与墙的置换传达了墙的阻挡这个属性的同时反映了作者的反战情绪。

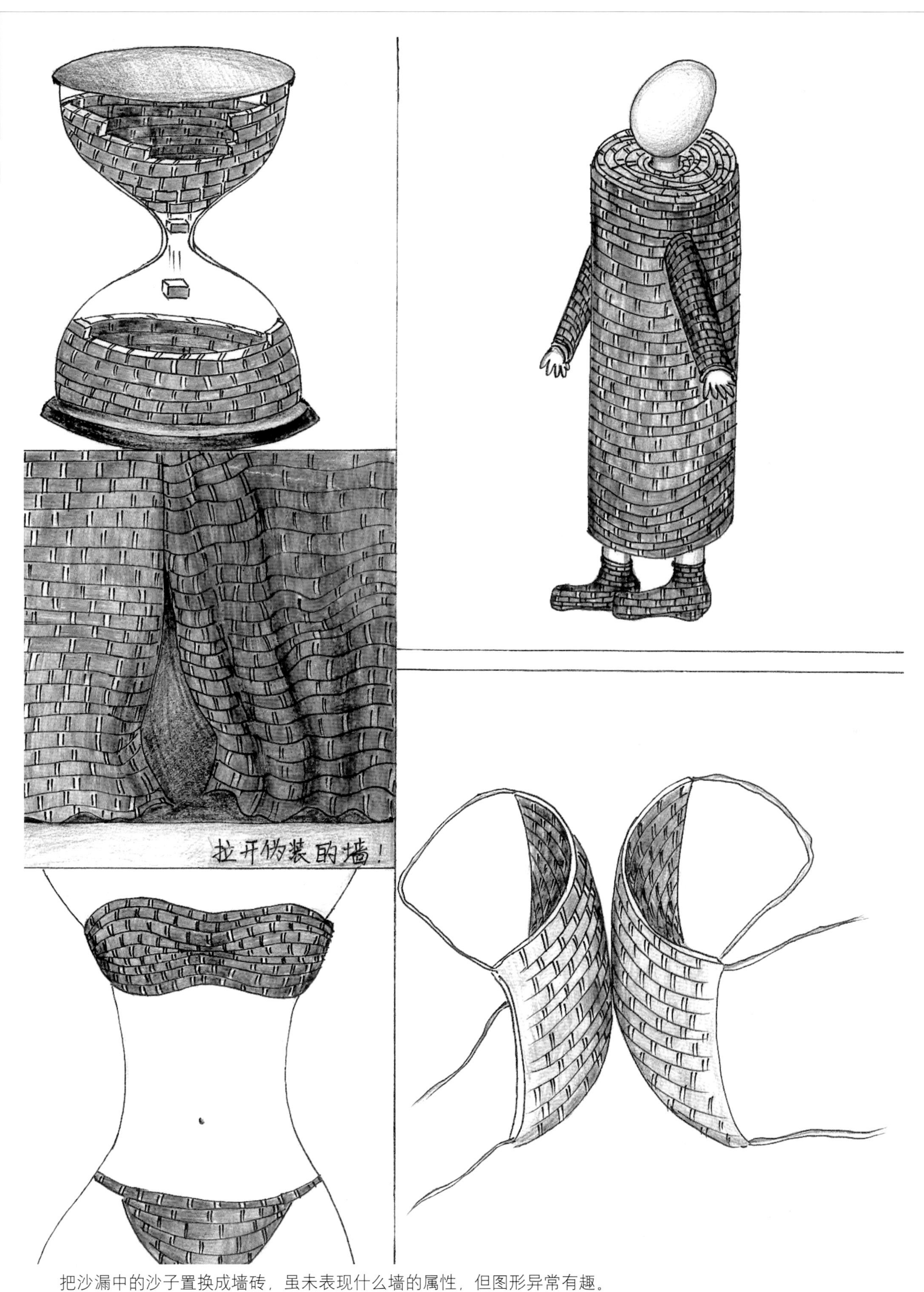

把沙漏中的沙子置换成墙砖，虽未表现什么墙的属性，但图形异常有趣。

用灯泡与电线的连接关系表达了人与书之间的某种联系。把灯心置换为人的图形，各种种类的书连在一起变成了电线，传达了人需要不停吸收各种知识来充实自己的寓意。图形表达得轻松而清晰。

07 课题六：连接

要求：挖掘尽可能多的不同种类的连接方式并探索连接的各种可能性。不同形式或不同物体的连接方式将产生全新的象征寓意。明确图形中要表达什么样的连接和这种连接会导致事物之间的什么关系。

注意点、线、面在图形中的作用和视线的诱导因素。

视线的诱导因素是指形态的指向性，如水平线可使视线左右流动，垂直线可使视线上下流动，倾斜线会使视线作不稳定的流动。有的形状有很强的方向性如三角形，注意它在图形中起到的作用。有运动感的形态都可以使受众的视线从一个物体流向另一个物体。利用形态特征进行有效的视线诱导是非常重要的。

用衣服袖口缝制的连接含蓄地表达了男女之间的连接关系，图形表达得生动有趣，似乎能感觉到两个羞涩的人拉着手。

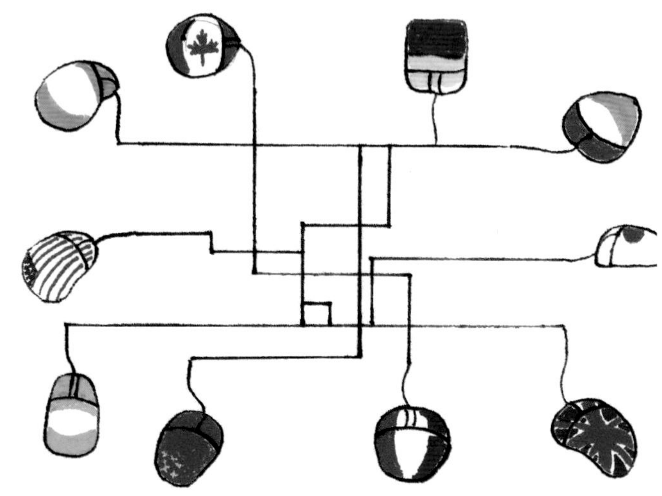

把鼠标与各国的国旗作了置换，鼠标和电线连接的形态暗示着网络，传达了网络时代国与国的连接方式也产生了变化的寓意。图形没有只为扣题作表面的形式，而是通过置换的方式更进一步地传递了另一个深层问题，概念也具有层次。

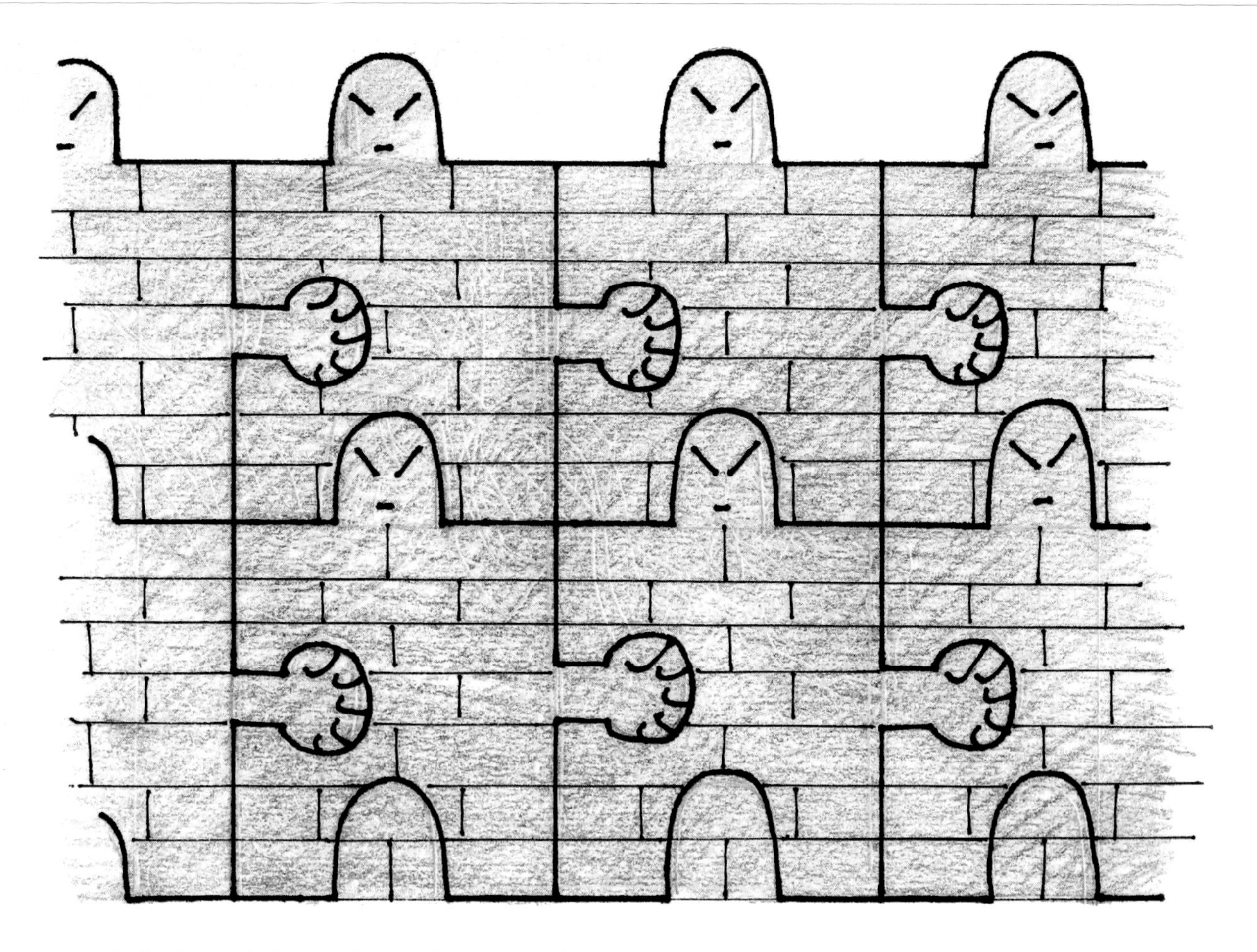

把长城是人们齐心协力共同铸造的概念有趣而直接地表达了出来，使人有一种亲切感。

有的元素用在主题中不成立的原因有的时候可能是处理方式造成的，任何一个不可能成立的图形经过推敲或细化后就有可能成立。有一个同学想用鱼这个元素表现“连接”，由于开始作的图形不能清晰体现主题，便进行了修改。下面这些图形是修改后产生的，不但体现了主题而且很有感染力。

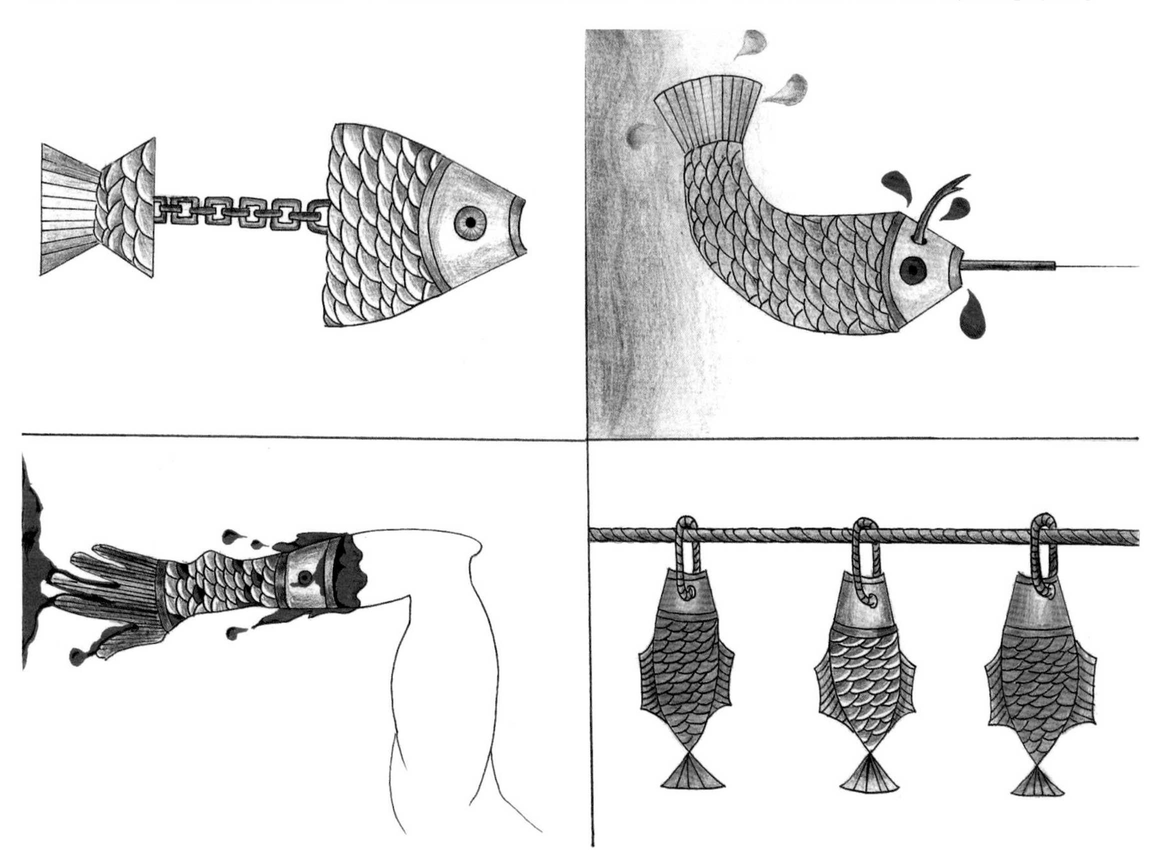

08 课题七：灯泡的联想

经过一段时间的命题式训练后有一些人就会进入创意的休眠状态，这种状态引起的原因可能是由于长时间地与同一事情的接触而失去了对其原有的神经敏感度而导致的，这时候就需要新的刺激激活原有的敏感度和兴趣。重新回到这种限定较少的题目中以最大的自由度创作图形，这个阶段就要更加注重表现手法和图形本身的传递方式。

要求：保证灯泡原有特征的基础上运用色彩和各种形态表现与灯泡有内在联系或外在联系的事物和概念。

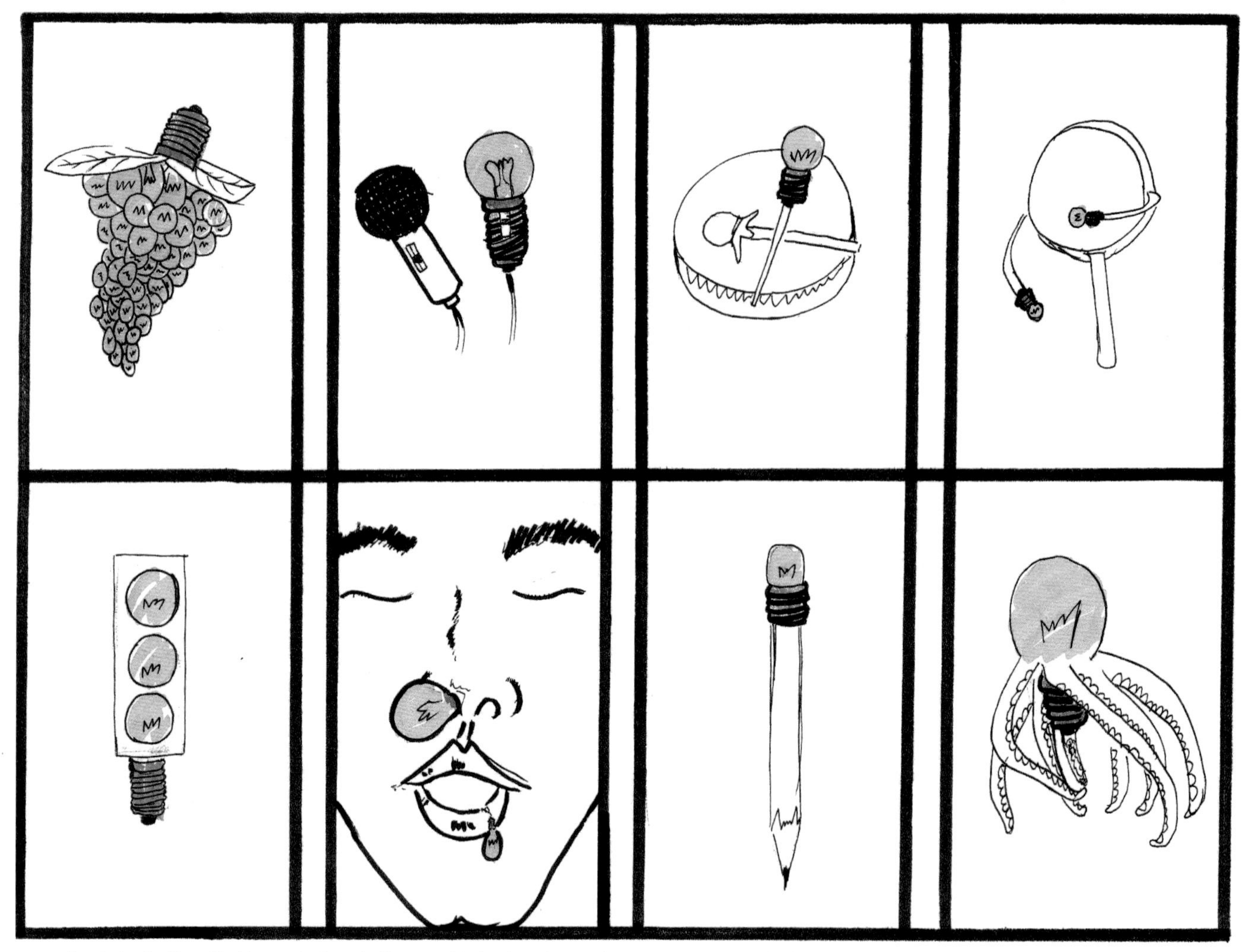

灯泡与鼻涕置换的图形引人发笑，比较幽默。如果稍加注意，图形本身的形态和表现会更有感染力。

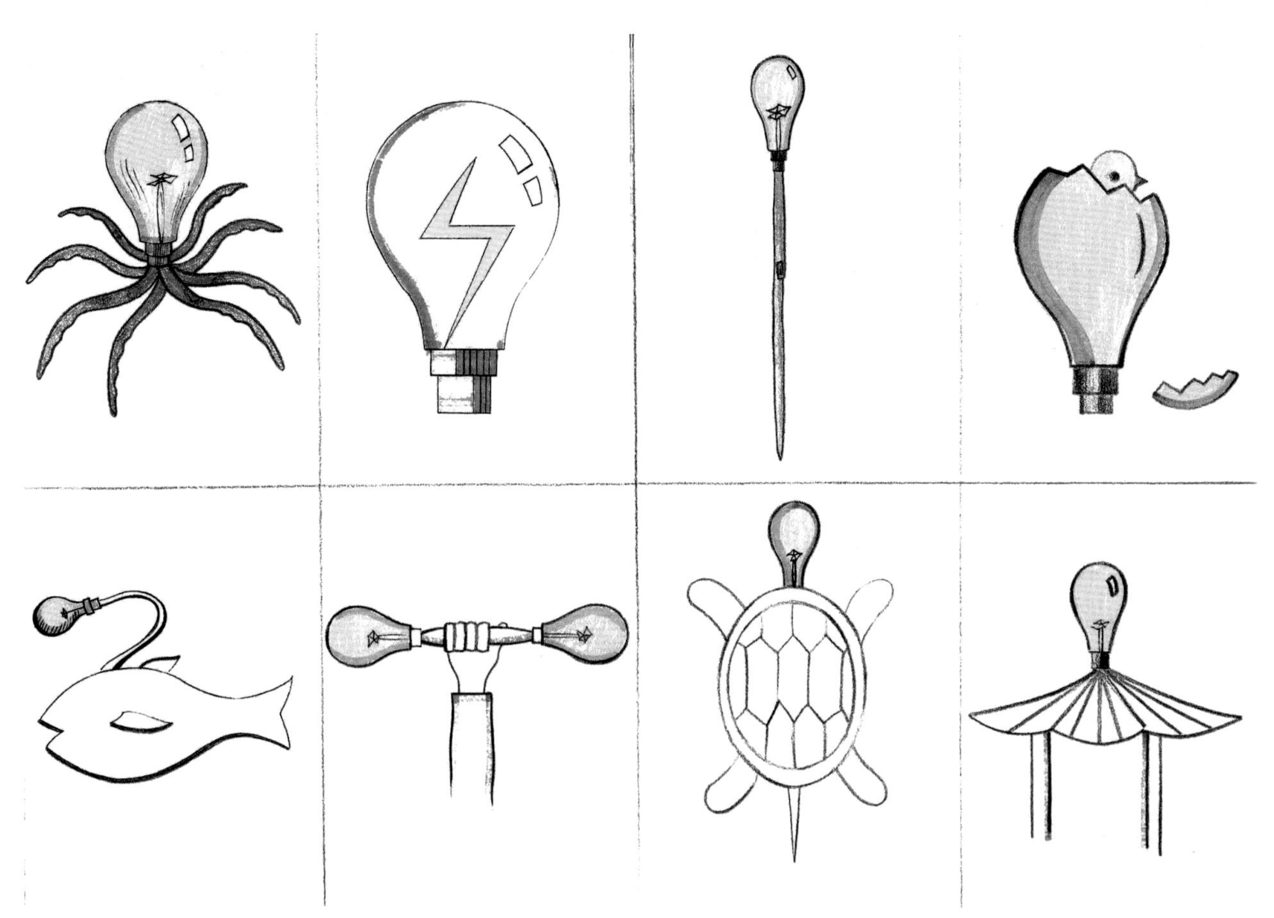

整个画面比较清淡，整体感比较好。但灯泡本身的形态有些单调，处理手法单一，大部分是一个思路或一个角度的观察方式。

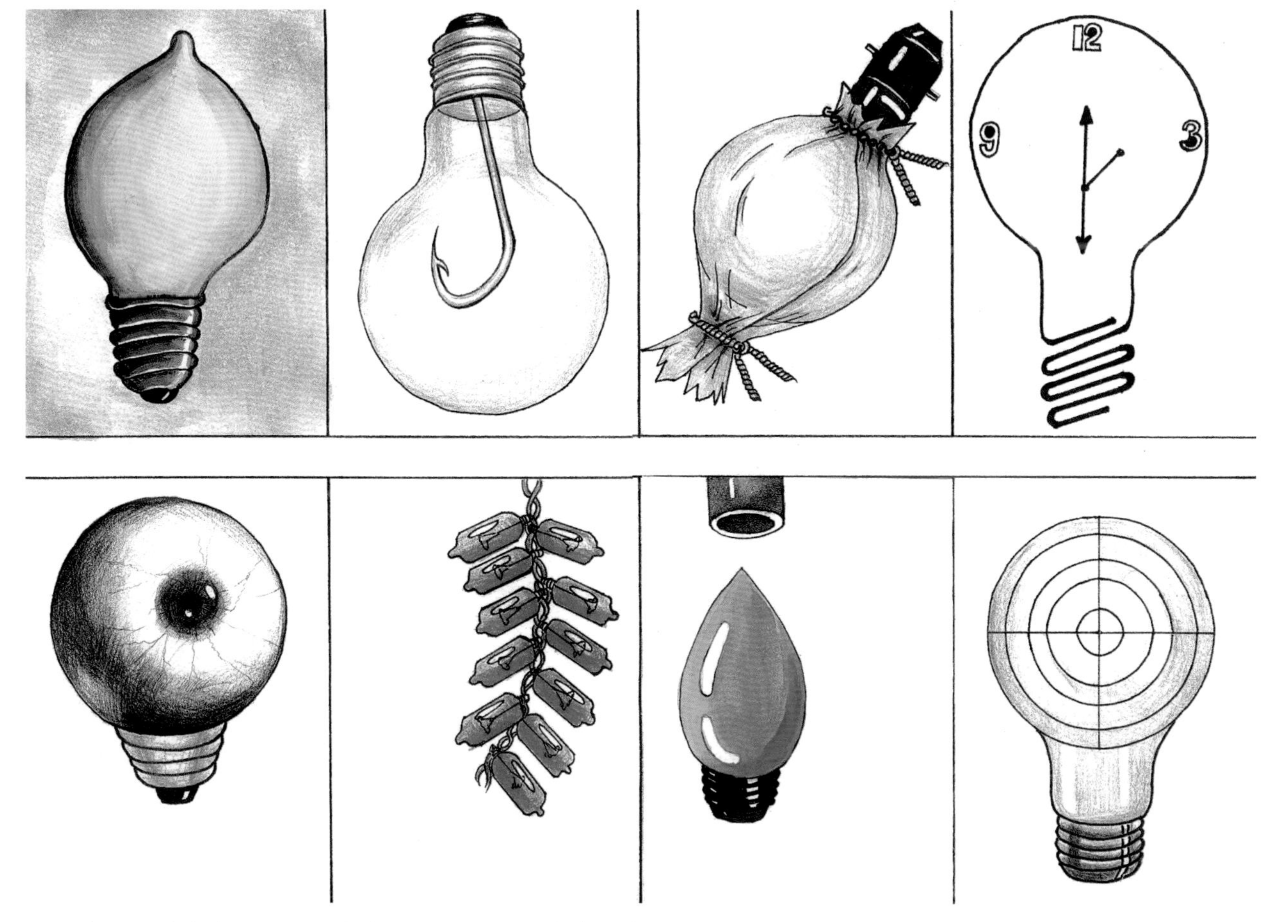

表现手法丰富，图形形态有趣。可以看出作者具有一定的造型功底。

表现手法成熟，处理手段多样。是一些别致而有趣的图形。

图形充满动感，色彩响亮，手法比较灵活。

把灯泡想像成内装饮料的器皿，想法奇特而有趣，灯泡与蛇、灯泡与音符的结合有一些牵强附会的感觉，需要进一步推敲。有一些图形的形态不够精益求精。

09 课题八：人的图形练习

要求：用尽可能多的方式表达人这个概念，为下一个题目作铺垫。这些在没有太多限定下产生的图形，有时可以成为你创意的原始材料。

比较丰富地传达了人这个概念，可多尝试一些不同工具的表现效果。

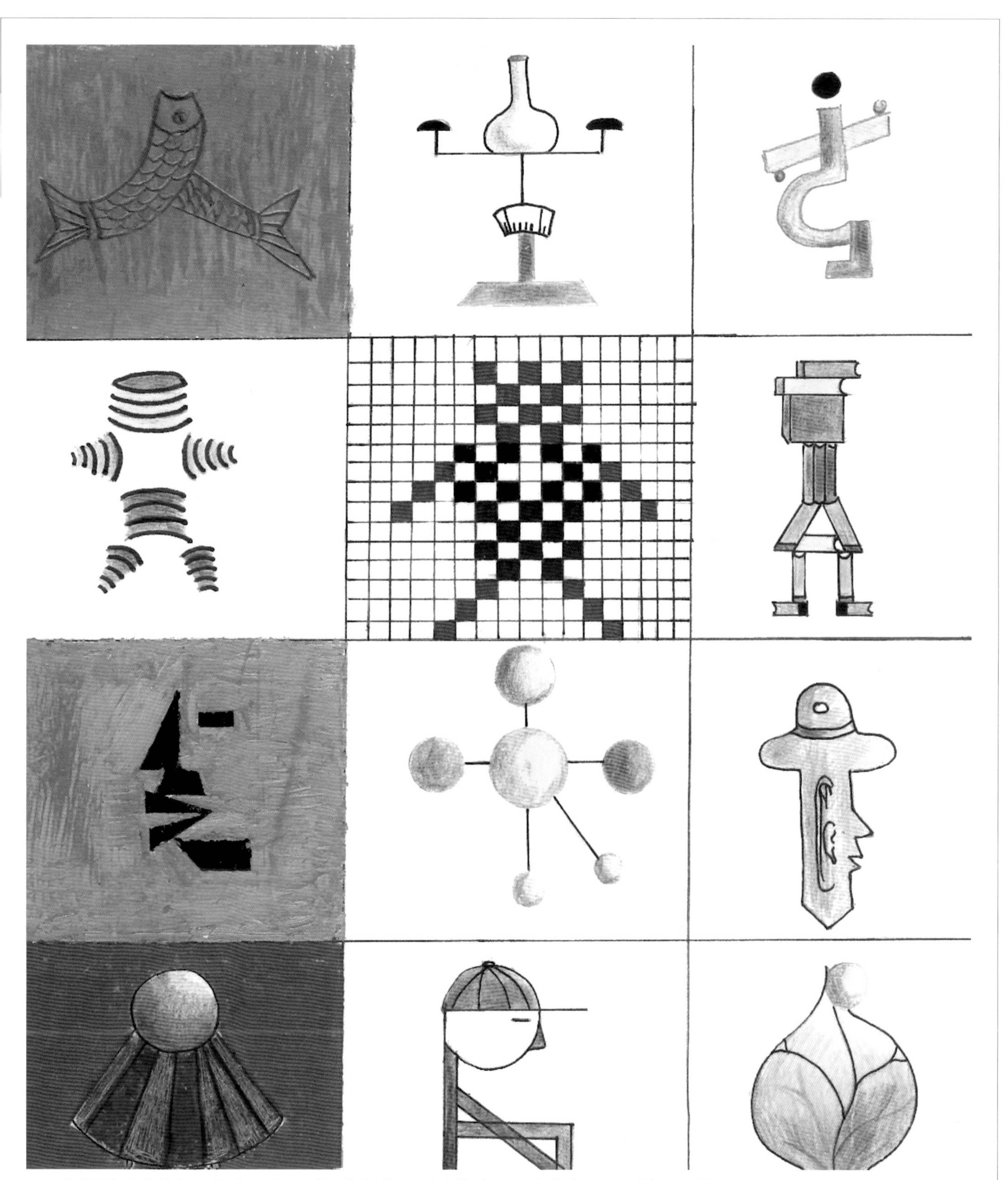

画面效果比较好，但有一些图形不能够很清晰地传达人这个信息，图形特征比较弱。

10 课题九：人与人

要求：利用上一个课题中的图形要素作重新的组合，并使之产生新的寓意。可以人与人之间的属性为切入点，如从互相制约、互助、影响、对立等属性入手表达人与人之间的种种关系。避免简单的并列，注意图形的单纯性、唯一性、直接性和可读性。

单纯性就是用简化的视觉语言达到概念表达的最佳值。如何使图形变得简化是我们一直要注意的事情，简化不是简单化而是剔除那些可有可无的琐碎的环节。在图形的表达过程中要避免叙述式的表达方式，这会导致图解。图解是指用图画的方式叙述一件事情或一个情节。

唯一性是指每一个图形只担当传达一个概念的任务，就是能够清晰无歧义地把一个概念传递清楚。视觉元素不宜过多，过多的元素会使你的概念含混不清，支离破碎。例如：一个传达环保的图形不能既表达环保的重要性又表达和平的概念。思路清晰，目的明确，概念要单一。

直接性是指读者不费力地一眼就能看出你所要传达的信息，不需要拐弯抹角，不需要猜测或分析才能读懂。直接并不是直白，直白的图形就像一杯白开水，缺少味道和情趣，没有吸引力。如：我们要表达对立会产生伤害这个概念，不一定要画出产生伤害的过程，不需要把两个对立的事物不加任何的处理，平淡地叙述一遍，然后用1+1=2单调的方式总结其结果。

用儿童般稚拙的手法表现了阴生阳、阳生阴的哲学道理，手法轻松独特，图形显眼强烈。图形中的文案显得多余而且表意不清，如果把图形改成男女互画，表达会更简洁。

运用极其符号化的语言阐述了人与人之间的牵制关系，图形简洁有说服力，既传达了人与人的某种关系，同时也传递出了作者的反战情结。

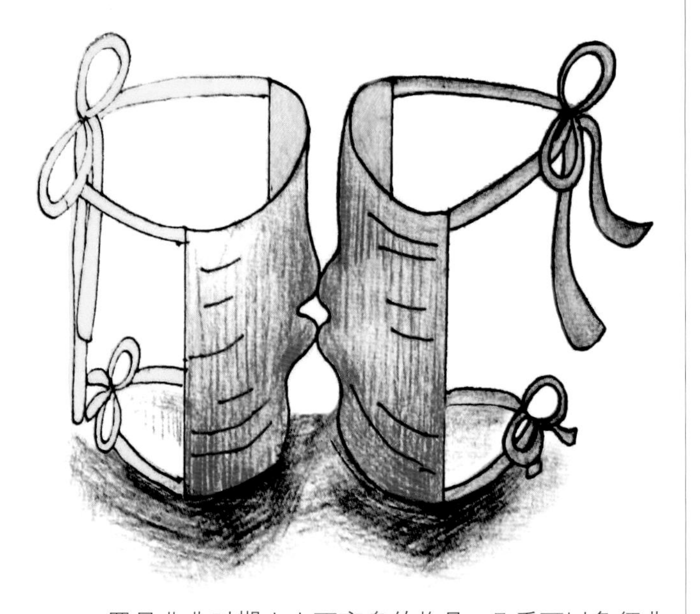

口罩是非典时期人人不离身的物品，几乎可以象征非典，口罩拟人化的处理清晰地传达了“非典时期的非常接触”。

11 课题十：SARS

为了搜集原始的素材，关注时事是非常重要的，以时事或流行的话题作为切入点往往会很容易吸引别人的注意力并留下深刻的印象。

要求：注意视觉流程规律。

视觉流程是视觉传达过程，人的视线流动通常是比较固定的认知模式，即从左到右，自上而下的自然流动。当人们观看一个画面时首先快速浏览画面，人们根据这一层面的基本信息感知来决定进行或中断下一步的阅读。因此大的图形态势的表现性和传达力度是非常重要的。快速浏览之后视线就会被可视性较强的某一处所吸引，然后视线会随着各要素的强弱变化而作有序的流动。我们必须把图形的表现与图形所象征的主题概念了无痕迹地融在一起建立一个好的图形态势，诱导读者在一眼看见图形之后便自然而然地连续地沉浸于主题的细化体味中，避免只沉迷于图形表现技巧。

图形表达风趣幽默，用一种很轻松的手法表现了非典时期的特殊生活状态。

作者把蒲公英籽与骷髅作了结合，象征死亡，形象地传递了SARS的传播速度快、传染率高的特点。

多余的保护，会成为负担。

如果这个图形没有文案，受众很难一眼便看出它所要表达的含义。“多余的保护，会成为负担”的文案与图形的结合使画面一目了然，概念清晰。

12 课题十一：对话

要求：用图形表达不同的对话方式以及对话的属性，体会文案在图形表达中的作用。

一个好图形通常不需要任何文字支持，但一个好的文案能进一步明确主题，深化概念，使原有的图形更具有说服力和感染力。例如，甲壳虫汽车的推广招贴的文案是：“Think small”；耐克产品的推广招贴的文案或口号是：“Just do it”。我们之所以能记住那些广告的原因，一方面是图形本身就很有吸引力，另一方面简短而深刻的文案在这里起了很大的作用。文案不是对图形的讲解，不是设计说明，而是用简单概括的文字对原有的创意起到点睛之笔的作用。一个好的文案可以使看起来模糊的概念或创意变得清晰，一个好文案同时也能使看起来不能成立的概念成为事实。

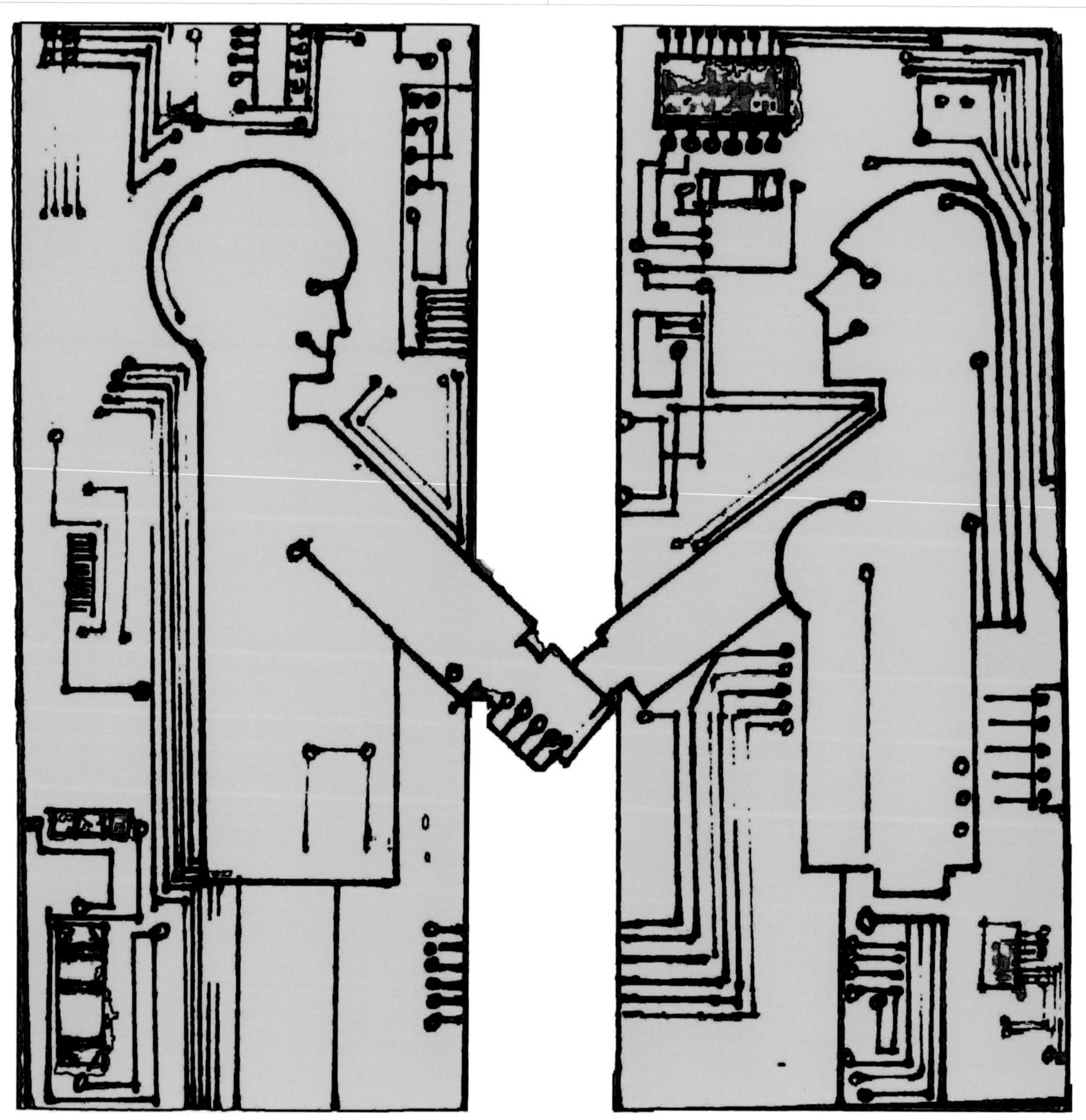

运用电路板这个具有时代特征的产物，巧妙地把人形与之结合，形象地传递了科技时代的对话方式，表达手法特别有新意。

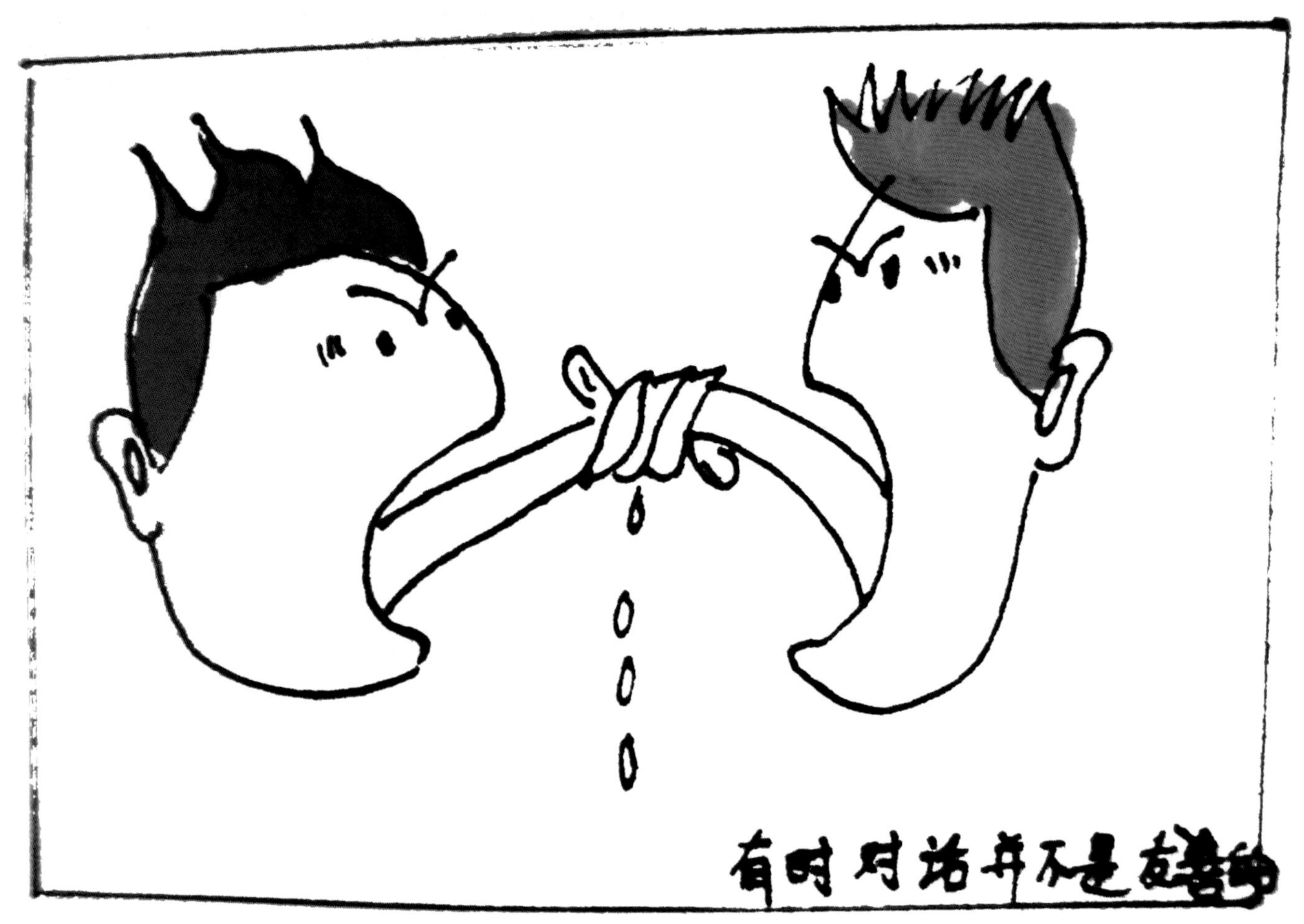

作者用诙谐幽默的方式传达了对话的某一个属性:“对话不一定都是友善的。”图形生动直接而简洁。在这里文案起到了点清主题的作用。

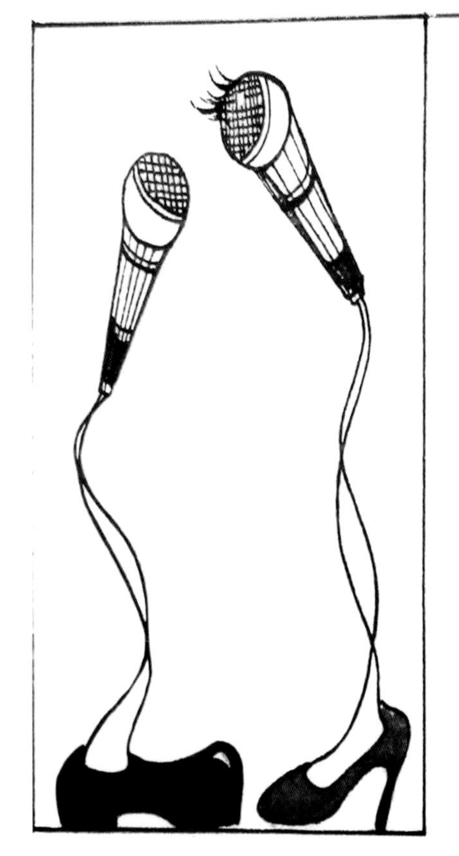

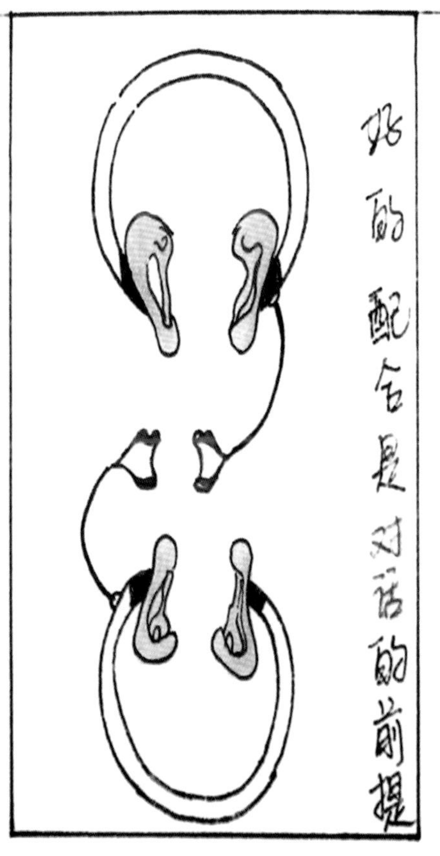

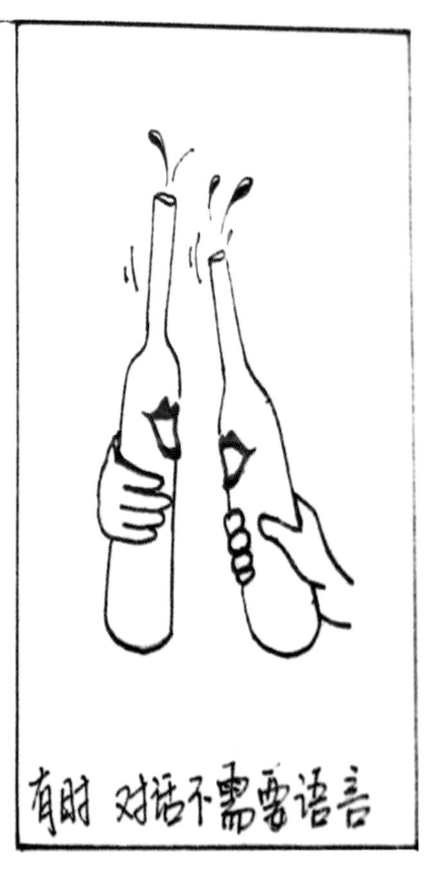

用耳麦和耳朵、嘴的置换图形直接而不直白地传达了听与说的关系。

13 模拟试题一：鼠标的联想

要求：以鼠标的基本特征为基础，作相关的联想。注意画面的整体效果。

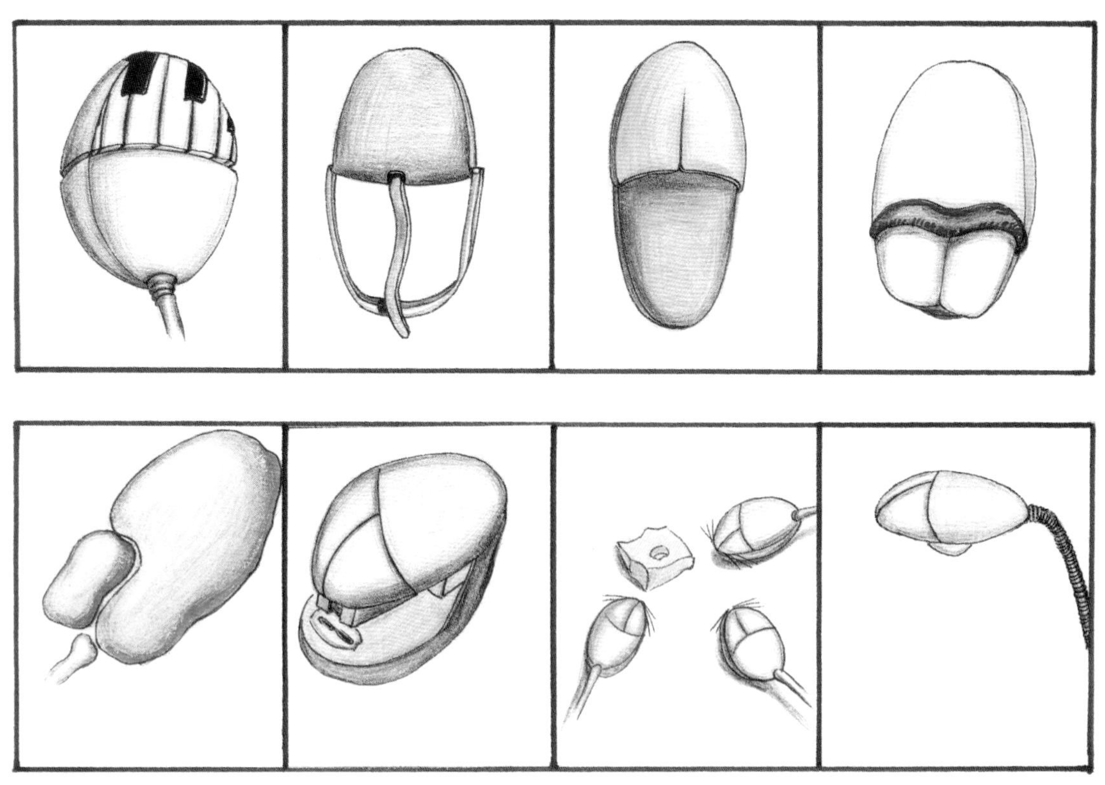

鼠标与其他物体的结合不够巧妙，有一点生硬，导致鼠标的基本特征不够明显。

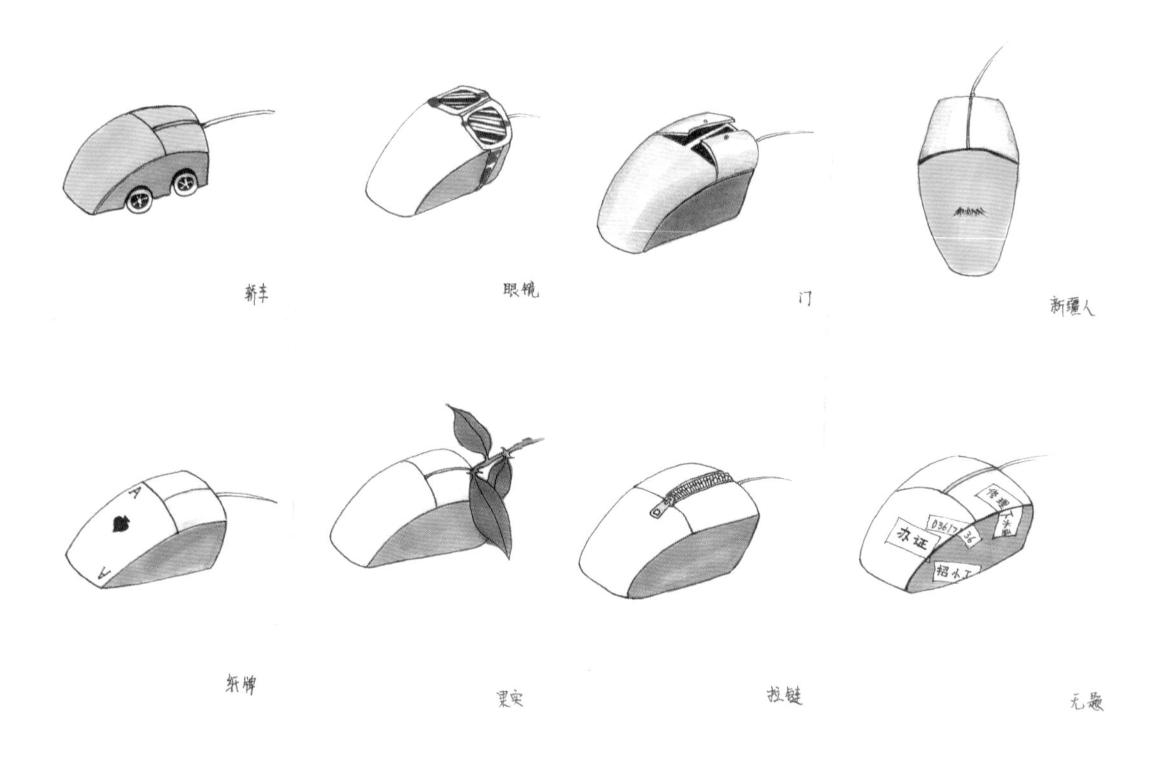

把鼠标按键想像成一扇敞开的门，一个微小的变化使图形变得独特而精致。鼠标形态缺少变化，几个鼠标的形态过于雷同。

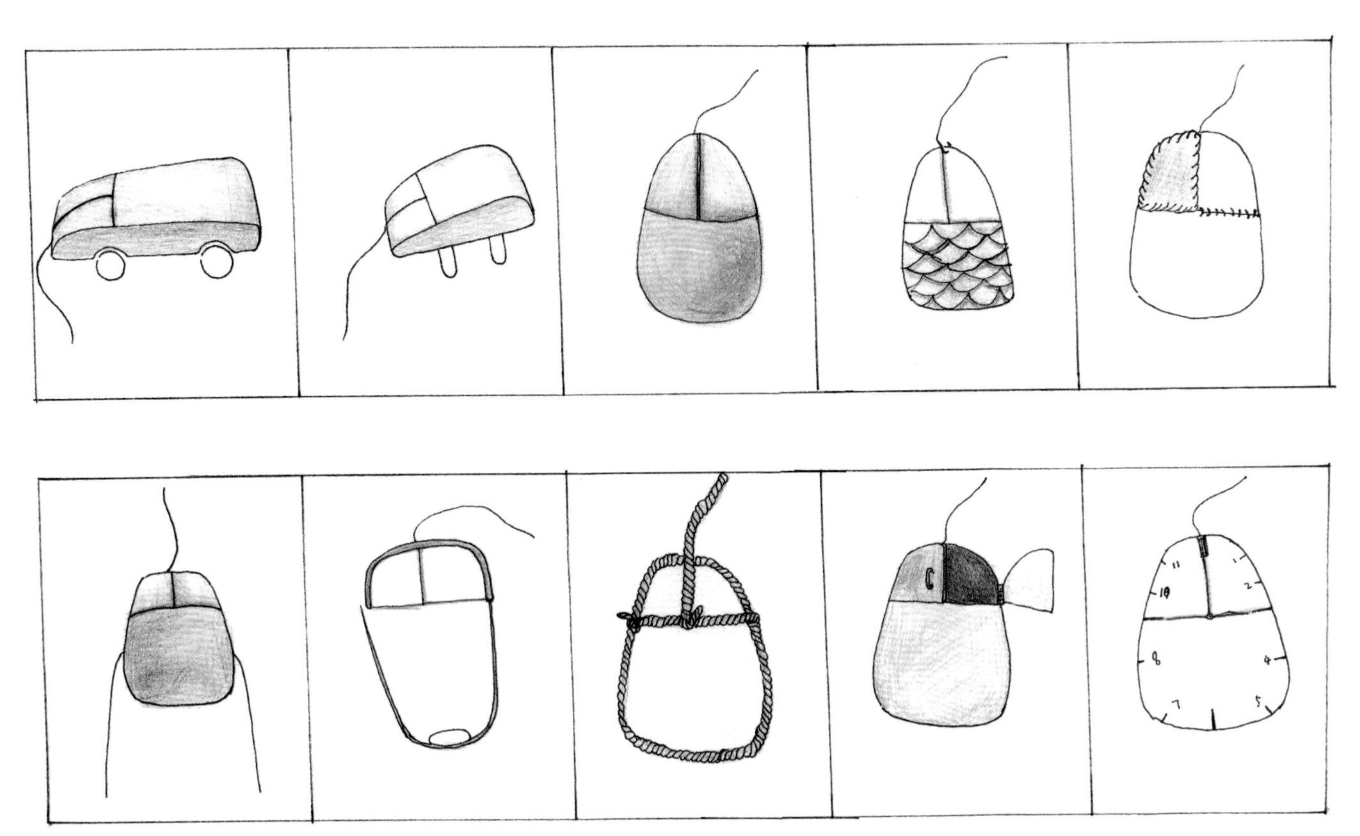

鼠标的基本特征把握得比较好，绳索构成鼠标的形状和鼠标与钟结合的图形比较巧妙，指甲与鼠标的结合在视觉上给人一种不舒服的感觉。图形的形态可以再考究一些。

14 模拟试题二：对立

从不同的角度分析对立这个概念并用图形表达出来，可从对立导致的结果或存在于生活中的各种有对立关系的物体入手，注意图形的层次关系，避免元素的平铺直叙。

在创意过程中有时人们会想到同一个切入点，例如对立这个题目有很多人同时想到了吸铁石的两极对立关系。如何使同一个切入点产生不同的创意呢？关注的细节不同会导致不同的创意，细节处理方式的区别产生创意概念的区别。设计的好坏在于细节处理方式的好坏。

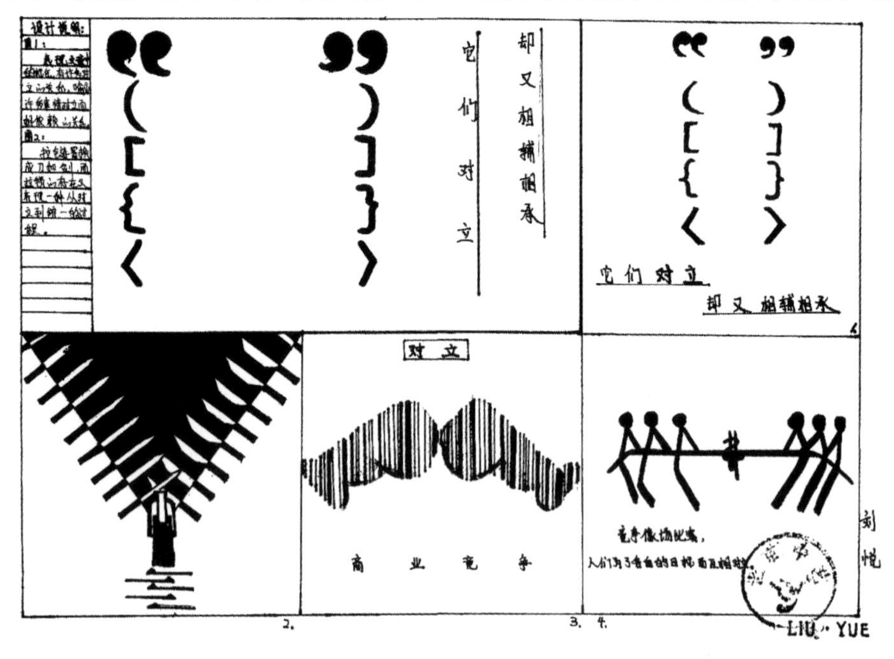

利用括号、引号等标点符号传达对立的相辅相成的属性，表达准确而直接。整个试卷的版式有一些混乱，可以考虑其他的排版方式，突出较好的创意。

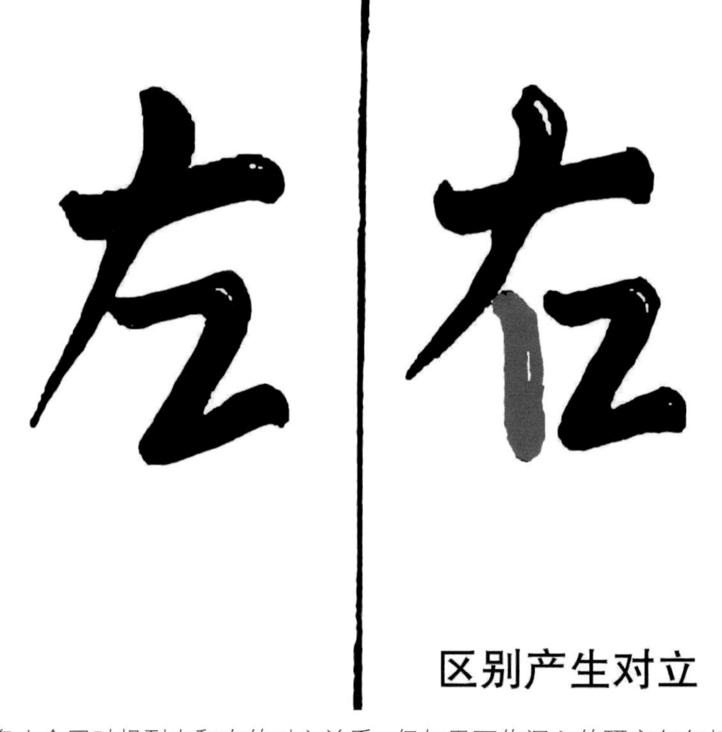

“对立”这个题目有很多人会同时想到左和右的对立关系，但如果不作深入的研究仅仅把这个元素陈列在纸上那就谈不上创意，这个创意的巧妙之处在于作者发现了“左”、“右”这两个字在书写时的相似之处。这种书写的习惯导致两个笔画上区别很大的字突然变得只有一竖之差。发现了这个细节，创意就出现了。这个图形中文案、图形缺一不可，文案起到了使概念清晰的作用。如果能注意文字的大小以及文字形态在整个画面中的作用会更好。

利用棋盘中的游戏规则准确地传达出了什么是对立。

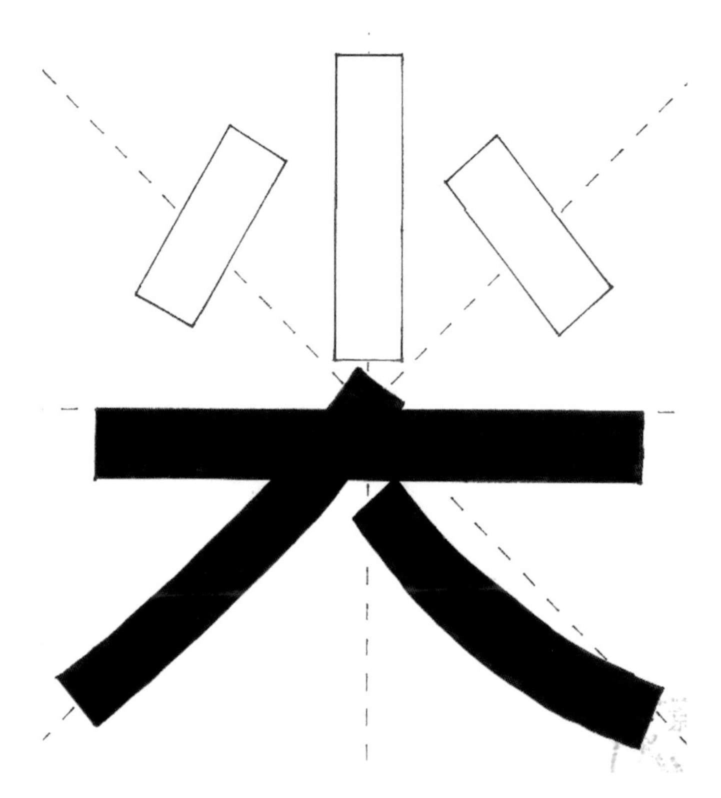

作者虽然找到了含有对立关系的文字，但没有对它进行深化的处理，平铺直叙使图形简单没有深度，找到一个很好的元素但没有得到好的发展。没有对“大”、“小”这两个含有对立性质的文字组成的“尖”字作出解释。也许是缺少一个合适的文案支持。

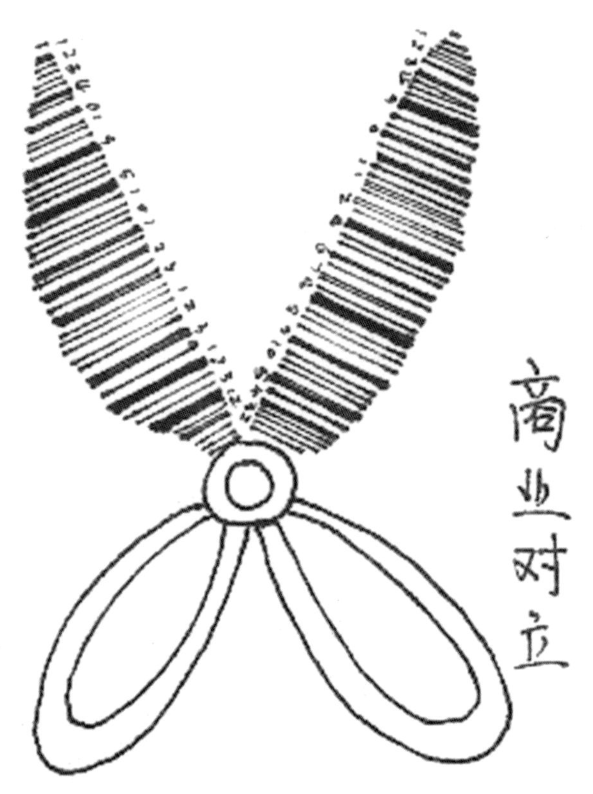

借用剪刀的使用原理巧妙地传达了商业之间的对立性，用生活中有对立关系的事物说明了另一种有对立关系的事物。

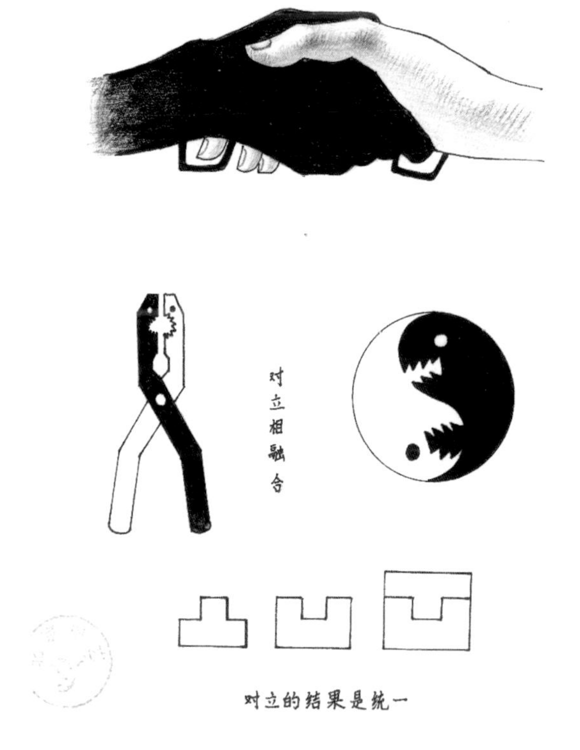

这四个创意表达得都不错，利用凹凸这两个不管在意义上还是形式上都有对立特征的文字清晰准确地传达了“对立即统一”的概念。

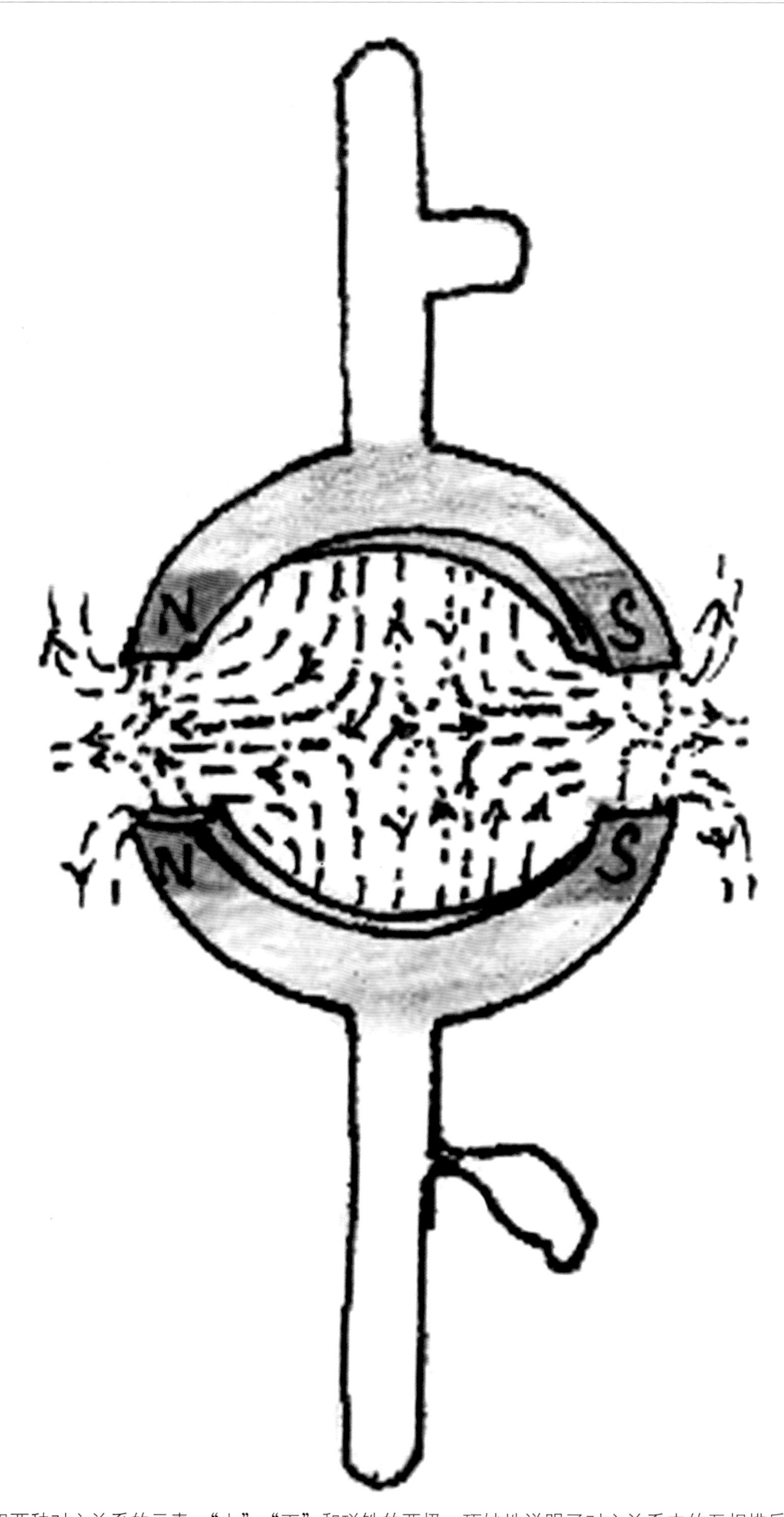

使用两种对立关系的元素："上"、"下"和磁铁的两极，巧妙地说明了对立关系中的互相排斥的属性。

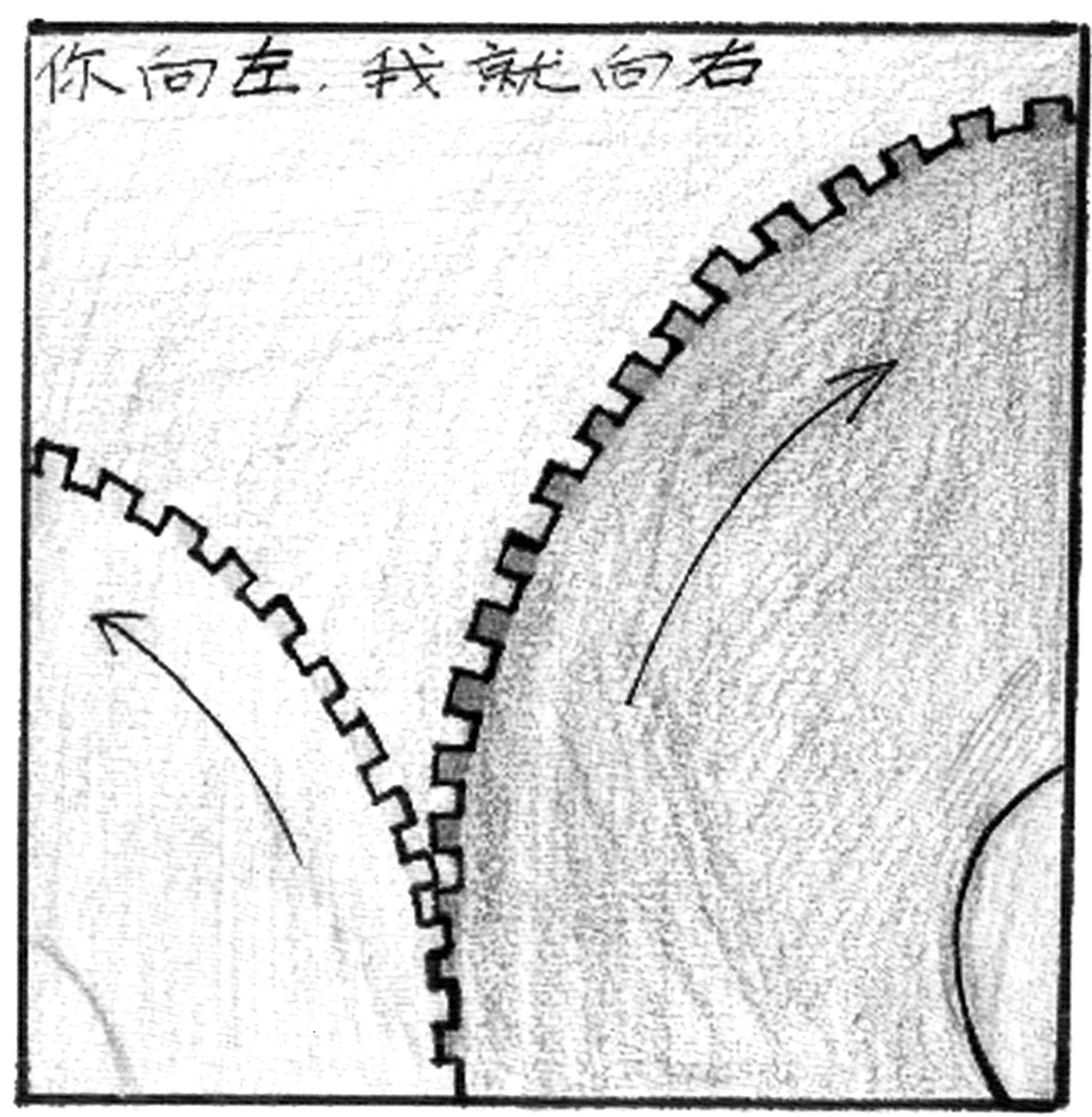

这是一个把生活中存在对立现象的事物平铺直叙的典型案例。

15 模拟试题三：反战

“反战”这个题目曾被人反复表现过，越陈旧的话题就越难表达。但仔细地推究和体会生活细节就会发现有很多新的创意切入点。

陈旧的话题很容易给人留下一种套路，比如有大量的经典是以枪弹、火箭、和平鸽等为图形的创意。陈旧的元素不是不可以用，如果用了就要给人新的视觉印象，当然能寻找到一个新的切入点，说明或阐述会更容易给人留下深刻的印象。

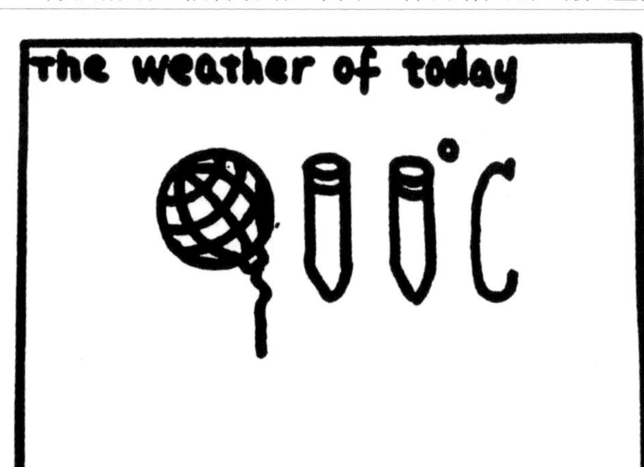

巧妙地运用天气符号阐述了战争从未停止以及正在进行的事实。想法独特并有新意。

用常见的拉链清晰地传达了战争与和平的转换关系,“合则两利,分则两伤”。表达准确而又有说服力。表现手法简洁轻松。

战争的脚印

迷彩服象征着战争，一个穿迷彩军装的人留下一滩有血迹的脚印，清晰有力地传达了战争会带来伤害的概念。

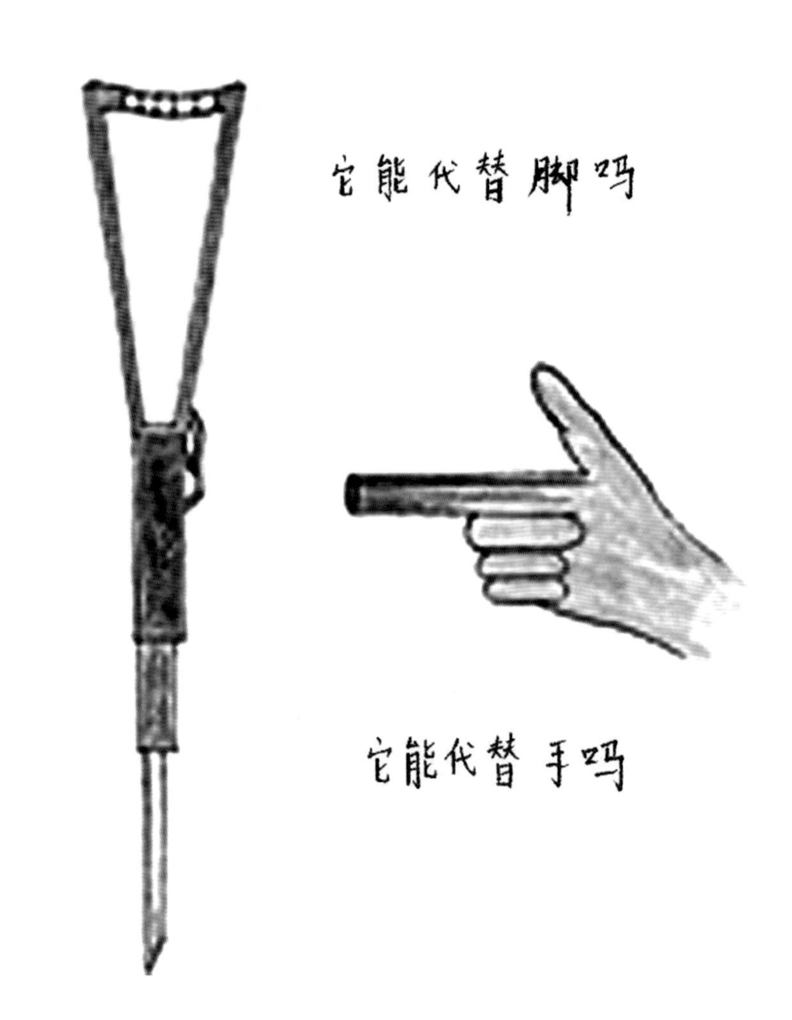

拐杖是支撑伤残人行走的工具，把刺刀与拐杖作图形置换传达了战争的伤害性，“它能代替脚吗？”答案就在图形中。

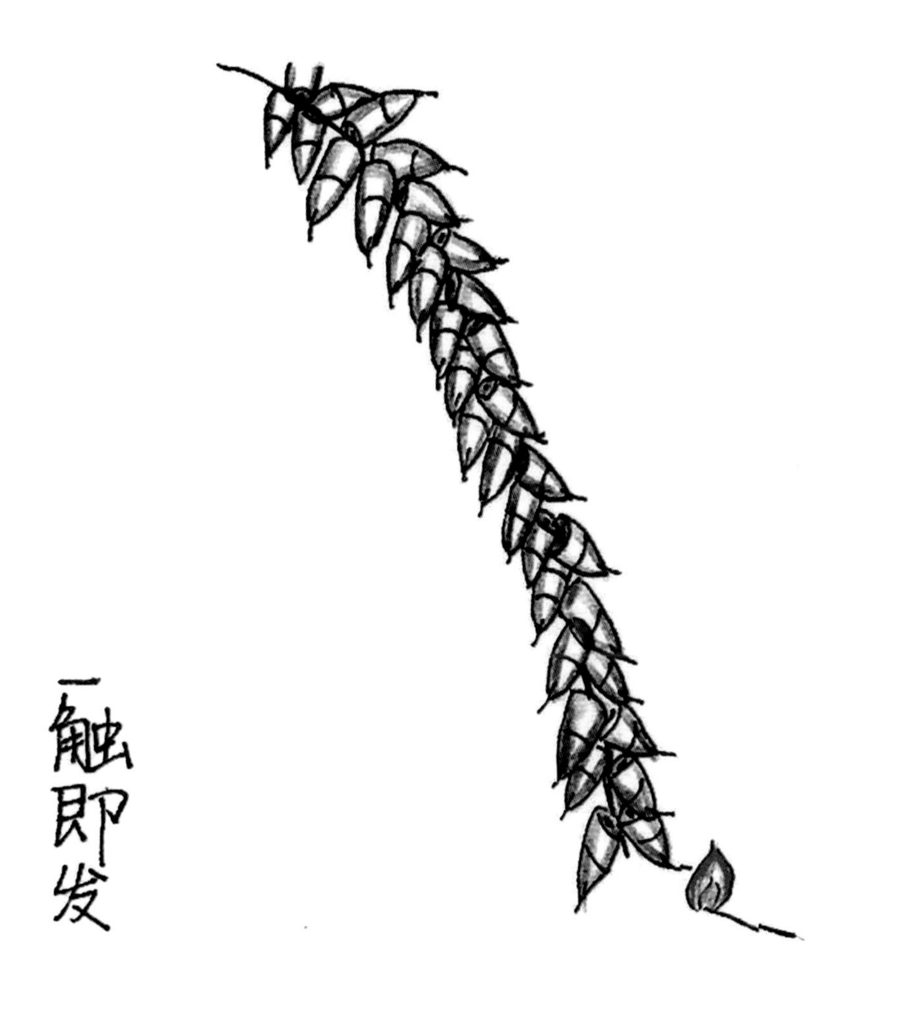

鞭炮一触即发的特点正与战争的特点一致。子弹与鞭炮的结合充分体现了战争的危险性。如能把鞭炮的特征表现得清晰一些会更好。

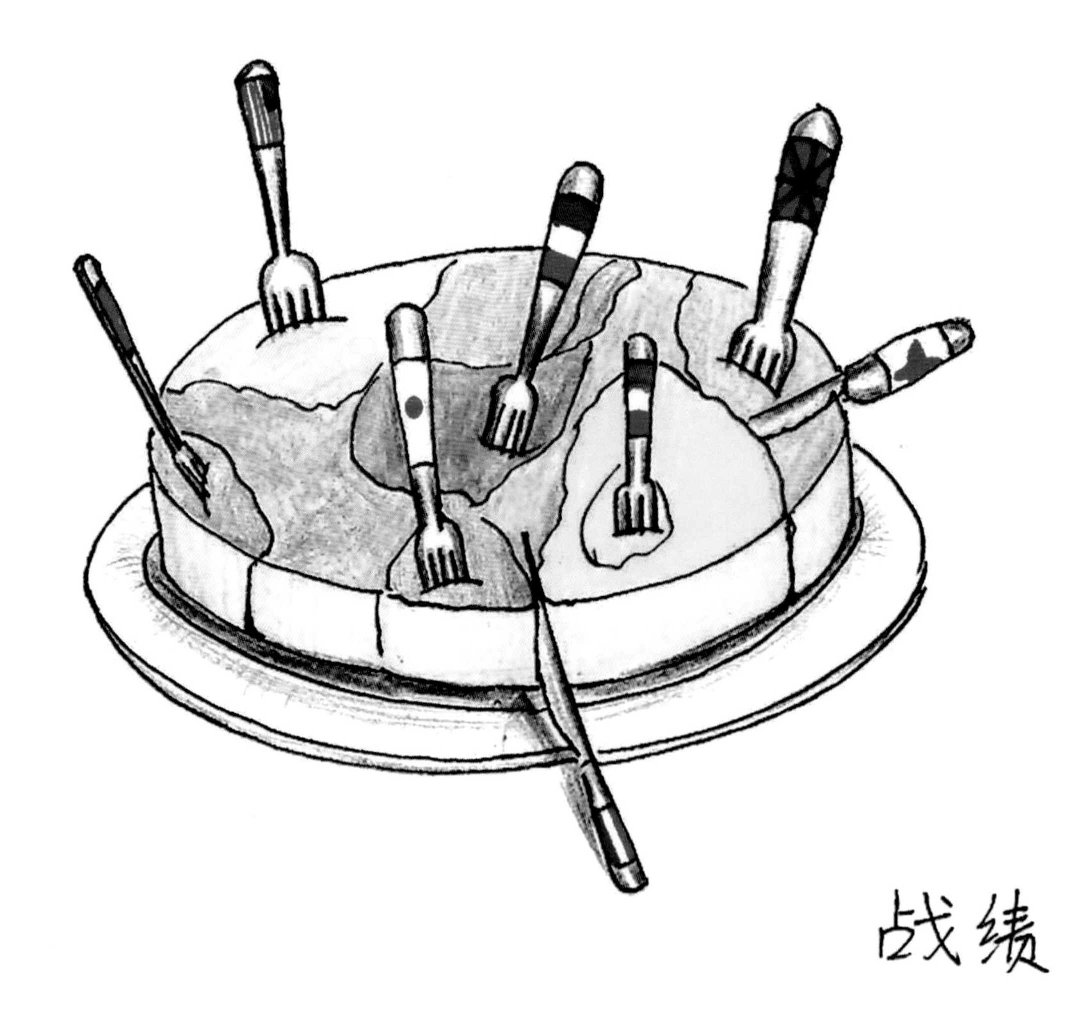

战绩

刺猬的外衣
——战争时代的装备

把世界比作一块蛋糕，形象地表达了霸权主义。

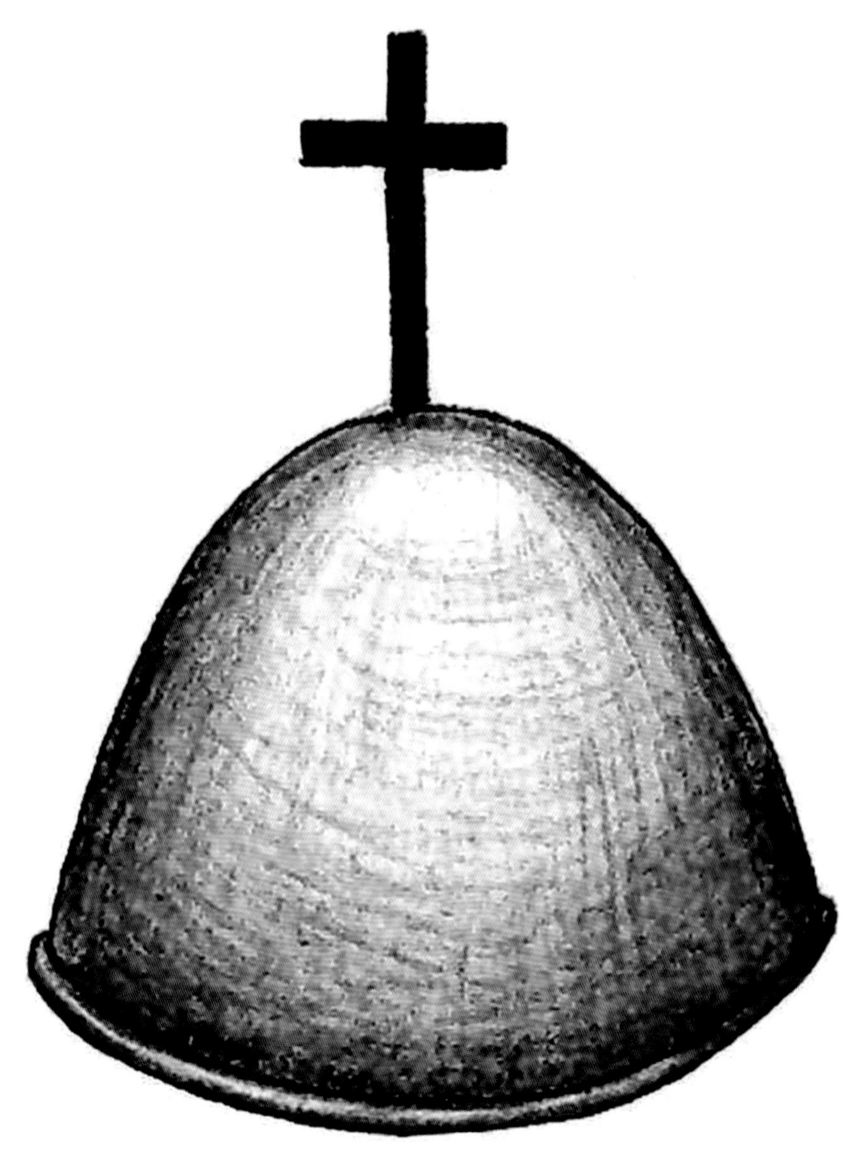

战争带来了死亡

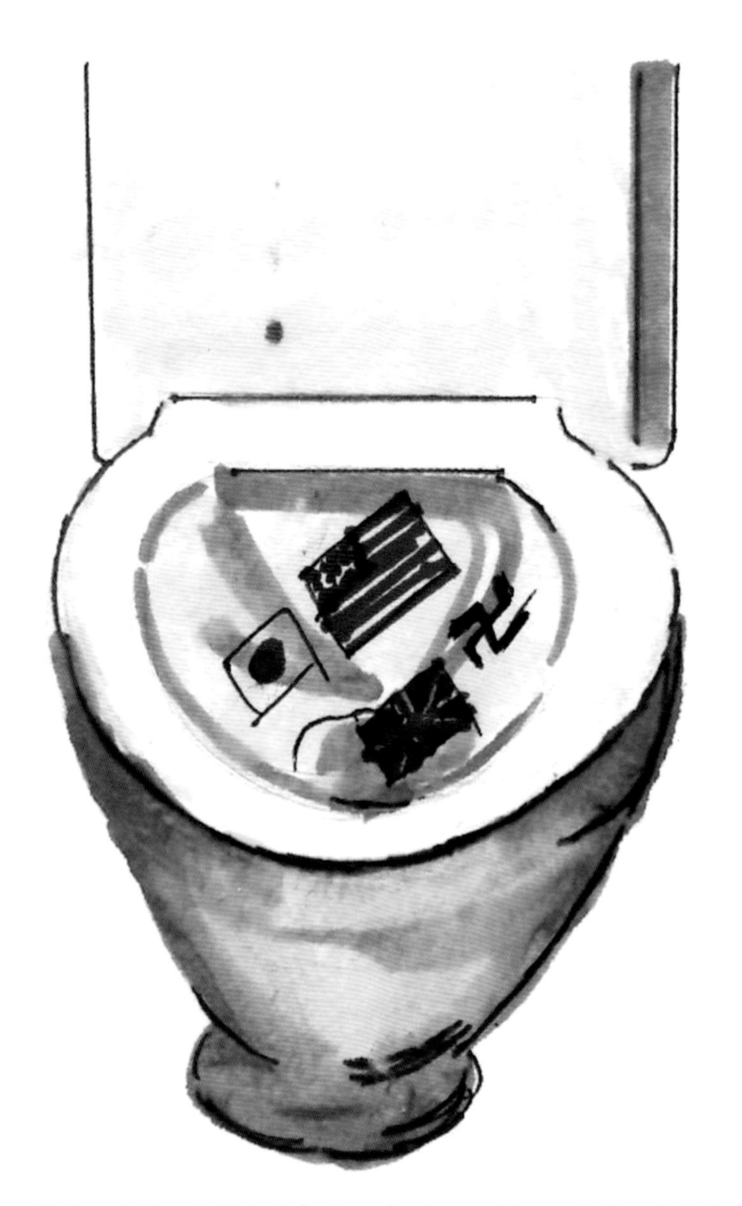

我们要让它们…

作者用直截了当的方式表达了对霸权主义的深恶痛绝，创意有力而直接。
如能多加注意图形的形态会使图形更精致。

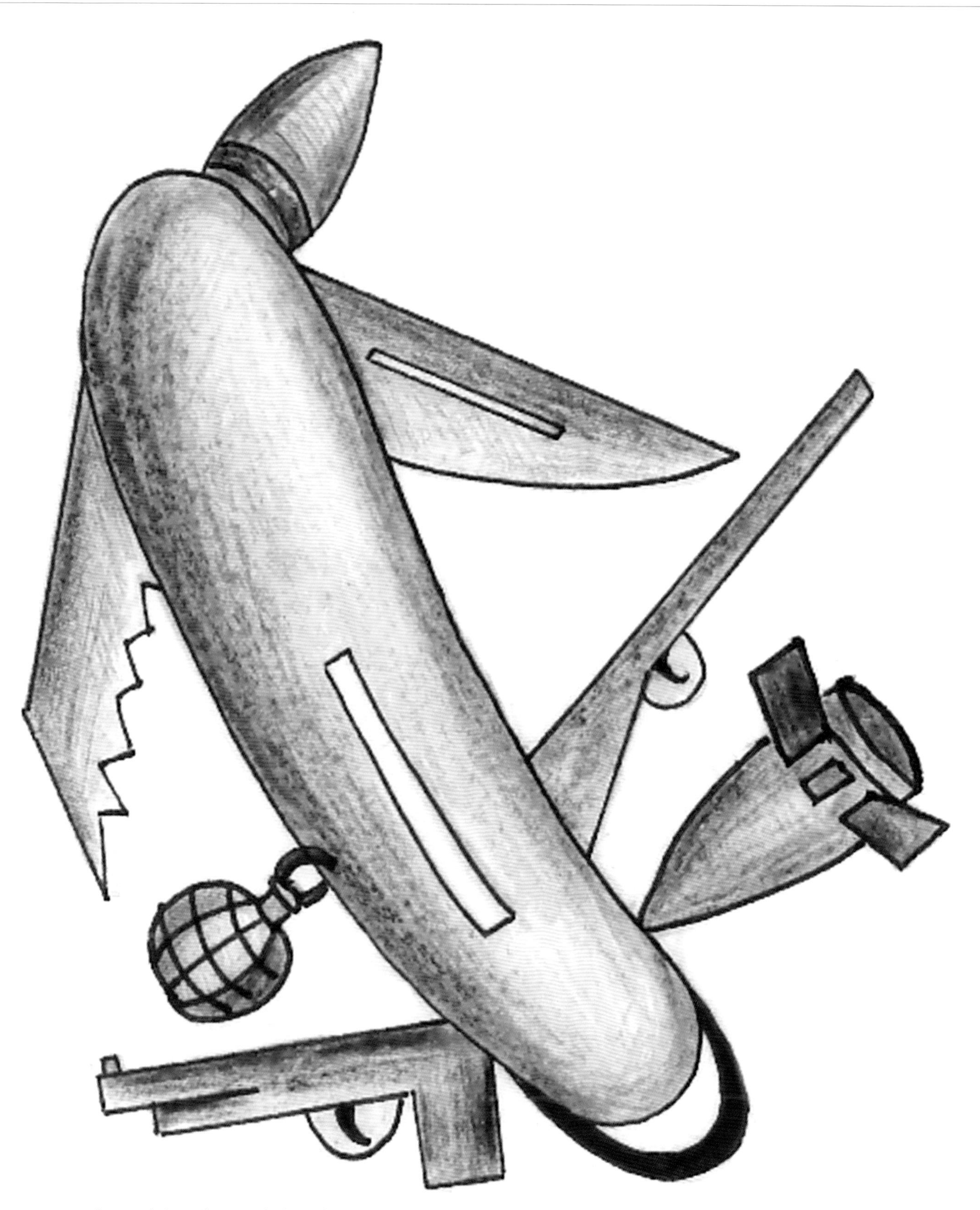

用刀暗示了宣扬战争、制造端倪的危险分子的存在，图形意义深刻。

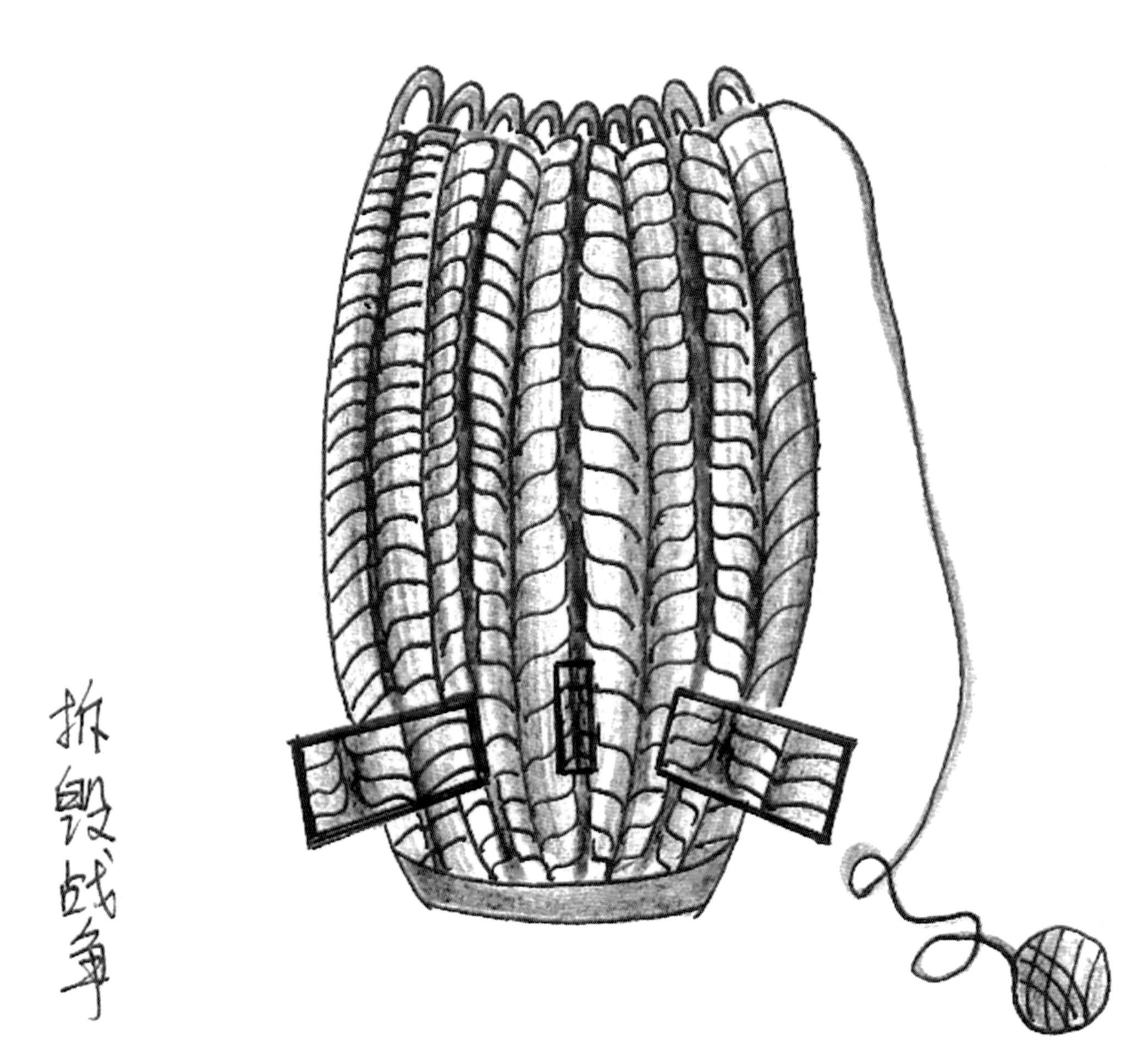

这个图形的问题是表现不够清晰，把炸弹置换成毛线团的出发点很好，但毛线和炸弹的特征画得不够明确导致概念的含混。图形的主次层次关系混乱，能够代表战争的炸弹应该作为重点，成为视觉中心。

小　结

在创意过程中常会出现创意雷同的现象，这时候评判中的好坏只好看图形的表现效果了，因此多注意形态本身的说服力是很重要的。对于考生来说图形创意仅仅是考查的一部分，手绘的表达能力通常也是被考查的重点。有些人往往会有一些好的创意，但粗糙的表现手法，使图形的感染力大打折扣，从而失去了让别人发现自己的机会。一个好的创意会在一个糟糕的表现手法中被埋没。

陷入思考的泥沼时在纸上随手的涂鸦有时可以得到很多启发，这些启发有些是跟主题有关的，有些可能和主题没有丝毫的关系。这些思绪流动时留下的痕迹，某一天当你偶然翻动时有可能会给你新的启示。

选择元素时要选择人们熟知的事物，这样才有可能和别人达成共识而不至于有歧义。

美术学院历届高考试题分析

美术学院的平面设计考试主要还是考查学生的想像力和图形表达能力，考题从历年的限定性比较强的题目（标志设计、书的封面设计）到现在的限定较少的抽象词语式的命题给学生展现自身特点的空间越来越大了。学生的独立思考能力和判断能力越来越重要。如“克隆”这个主题对于大部分人来说，寻找到有“克隆”特征的事物并不难，也就是两个甚至更多有相同特征的事物，这并不是最重要的，重要的是你自身对克隆的理解或看法。如有人用图形表达克隆会导致事物的单调，有人用有趣的手段表现克隆单性繁殖的属性。能在考试中用图形表达一个独到的见解是很重要的。

考试要求一个主题要用三个以上的表达方式是在考查学生从不同角度分析事物的能力。有一些人想一两个创意就觉得想法被挖空了，这是想像力受到限制而导致的。学会观察细节，把生活中看似没有联系或没有可能的事物联系在一起，积累大量素材，考试时想法才会轻松地从脑海里不断涌现出来。

近些年美术学院的平面设计考试的形式变动基本不是很大，只是有可能影响学生发挥的限定越来越少了，如2000年的“人与书”这个题目限定试卷必须竖构图，图形中必须出现人形等等。这些限定就有可能成为学生发挥的锁套，有些图形可能就不适合竖构图表现，人与书之间的关系不一定偏要出现人的图形才能表达清楚，人的某一个局部或某个能象征人类行为的任何事物都可以把人与书之间的关系表达清楚。那些限定就有可能导致一个很好的创意被抹杀。到2003年的“人与天空”这个题目就没有必须出现人的图形这个限定了。

考题通常不会出现不能理解或陌生的题目，通常是和时局有关或是人们熟知的一些事物，如“克隆”这个题目就非常有时代特征，又如“家”、“合”等题目都是很容易理解和表达的题目。这些看似容易普通的题目如何能表现得特别和独到是非常重要的。有些考生经常费解考试分数与自己的评估有很大的差距，扣题固然重要，但单单扣题，图形没有新意是没有意义的，独特新颖、符合题意是关键。把大部分人有可能想到的创意排除掉，找到被别人忽视或不易想到的切入点才能从众多的考生中脱颖而出。

图书在版编目(CIP)数据

平面设计／杨珺编著．—南宁：广西美术出版社，2005.2
（艺术设计高考应试训练）
ISBN 7-80674-549-1

Ⅰ．平...　Ⅱ．杨...　Ⅲ．平面设计—高等学校—入学考试—自学参考资料　Ⅳ．J506

中国版本图书馆CIP数据核字（2005）第010815号

丛书名：艺术设计高考应试训练丛书
书　名：平面设计课程

主　　编　杨　珺　高　斌
本册著者　萨日娜
出 版 人　伍先华
终　　审　黄宗湖
策　　划　姚震西
责任编辑　白　桦
文字编辑　于　光
校　　对　陈小英　刘燕萍　尚永红　林　南
装帧设计　白　桦

出　版：广西美术出版社
地　址：南宁市望园路9号(530022)
发　行：广西美术出版社
制　版：广西雅昌彩色印刷有限公司
印　刷：深圳雅昌彩色印刷有限公司
版　次：2005年2月第1版
印　次：2005年2月第1次
开　本：889mm × 1194mm　1/16
印　张：3.5
书　号：ISBN 7-80674-549-1/J·406
定　价：19.00元